回得去的地方與

回不去的時光

陳如山

（順序按首字筆畫排列）推薦序

「從來沒有選擇宣洩自己的負能量去剝奪別人的目光成為自己的出口，就是陳如山。」

「從沒眞正享受過發一場脾氣的瀟脫也是陳如山。」

矛盾卻溫暖大方的被迫活著吧，在書裡跟著探險⋯⋯。

從〈一首搖滾上月球〉的鋼琴版主題曲相識，我一直缺少一位像大哥哥一樣的朋友，也一直可以因爲阿山的孩童心反思這社群世界與人生困境，也可以就當看卡通漫畫一樣的抽離，想睡就睡，想痛就唱。

可是打開這本書的你，應該會偷偷發現：阿山自己永遠不願意，把可以成就自己的各種奇特人生故事用歌曲消費出來。

有著外表搖滾，跟自然到位的演員身分的不同光環下，回到面對生活困境與人際關係上必須承受各種異常的無力⋯⋯是我們的N倍。

而這份無力與矛盾在這本書裡，反而可以給你無比堅強的理由、練習倒立著看待困難。

「當好一個可以選擇不必常常解釋的人。」

「當一個在生命中可以放心承受各種誤會的人。」

「當好一個在人際關係失衡的不同當下、平凡如你我日常要經歷的人。」

這本書也許可以讓有點格格不入這個世界的你，應該可以再感到快樂一點。

旭章（守夜人樂團團長）

我的愛雖然殘破，也要呼喊世界每個角落！

I love you，我願意為你寂寞。

那年……首次聽到山哥緩緩深情唱出，立即觸摸到內心深處想說的話，讓我感動得眼淚直流……也感動這首〈I Love you〉獲得第五十屆金馬獎最佳原創電影歌曲。

山哥對生活細膩敏銳的觀察化成文字與歌曲，我相信：山哥這本散文創作勢必感動你我，588 特別推薦給您！

巫錦輝 巫爸 588（「一首搖滾上月球」罕見疾病尼曼匹克症病友聯誼會會長）

過去來不及參與，未來會奉陪到底！

我與阿山的相識，得提到二〇一三年的紀錄片《一首搖滾上月球》。回憶拍攝過程裡，新潮又帥氣的搖滾歌手阿山，脖子上掛著一條粗大銀色的項鍊，左耳戴著閃閃耀眼的耳環，態度十分謙遜溫和卻不多言，大部分的時間都在專心聆聽。

我與阿山住的很近，因爲地緣的關係，我們慢慢熟絡起來，而我從他身上也體認到台灣搖滾樂團這幾十年辛苦的處境。

問他爲什麼不寫點流行歌曲，才好賣？他說「我只會寫這樣的歌曲！！」問他爲什麼歌詞都沒有押韻，才好唱？他說「歌詞幹嘛一定要押韻？」問他什麼，常常答案不是簡單平淡就是出人意表，這兩種極端的表達裡，正如現實生活中的阿山，只求簡單的幸福就能滿足了，但是在創作音樂的路上，則堅持獨特不迎俗的搖滾初衷。

從我認識阿山開始，阿山的創作依序是〈一首搖滾上月球〉(2013)、〈愛可以讓我們在一起〉(2013)、〈大人小孩〉(2015)、〈愛曾經讓我們在一起〉

(2016)……，跟他過去的創作風格比起來，在〈一首搖滾上月球〉之後就可以明顯區隔出，有更多關於親情與愛的心情被投射在歌曲中，若換個角度去想，阿山的人生轉折可能正從這時期開始，而《回得去的地方與回不去的時光》的成書緣苗，或許也是這時候開始悄然種下。

由作曲到出書，我們見到阿山的蛻變，也見到四分衛在台灣搖滾音樂的努力與堅持，對於四分衛的搖滾音樂，引用一段經典的愛情語錄「你的過去我來不及參與，你的未來我奉陪到底」。

感恩阿山長年對公益活動「享愛音樂會」的支持，我謹代表所有成員表達由衷的感謝與祝福。

李正德 李爸（「一首搖滾上月球」享愛音樂會、台灣結節硬化症協會）

雖然提到年份跟「小時候聽你歌長大」這類的事情會透露陳如山先生的年紀，但我還是要從這個主題開始。

剛進師大附中吉他社時，完全不會任何樂器，也沒在聽搖滾樂，聽學長在期末成果發表會上翻唱了四分衛〈睡美人〉這首歌。

（心想，學長們居然不是翻唱五月天！好大的膽子，他們不是才剛發第一張專輯嗎？！）

演出結束後，在 YouTube 跟 Google 都還沒有出現的年代，沒法上網找譜，只好拜託學長教我彈〈睡美人〉（後來才知他只教學妹，我最後自己亂彈一通）。

對了，學長跟阿山一樣姓陳。

後來某年大港開唱，在安溥的介紹下（我那時跟她一起演出），認識了山哥。開頭第一句話就是禁忌：我小時候都聽你的歌長大！我超喜歡〈睡美人〉這首歌！！！

之後我完全忘記這件事情了，寫序的時候問山哥才想起來，果然不能說這種話，會被記一輩子。

後來跟山哥組了「杉山兩兩」樂團，成了他的製作人，發行了他的第一張個人專輯，參與了四分衛的復出專輯和巡迴，到現在是每週固定打籃球的球友（想跟他當酒友，但他應該是我認識最不會喝酒的 Rocker……）。

記得以前曾FB發文說，山哥就像台灣的櫻井和壽（Mr. Children主唱），詞曲總是能給人正面力量，但自從介紹他一些負能量漫畫之後，開始有一些憤世忌俗的歌，反而更加讓我相信他豐沛的創作能量，會永無止盡朝各個面向永遠持續下去（話說最近還幫他編曲了一首兒童歌……）。

這本書記錄了山哥人生的上半場，（所以下次寫序是你一百歲的時候？）中場休息後，請大家期待山哥的超級大三元加逆轉絕殺大號三分球吧！！！！！

杉特（體能專科製作人／杉山兩兩吉他手）

在地球的某一段文明時間當中，所有長得好看的男生，都在玩搖滾樂！

我很喜歡一首四分衛的歌，叫做〈暈眩〉。

如果這個世界上沒人知道四分衛，只有我知道，輪到我要拿出手機放一首他們的MV，我就會選這首。

因爲夠帥，太帥了。

在地球的某一段文明時間當中，所有長得好看的男生，都在玩搖滾樂。

有一次我問我的歌迷，要是我小時候再表現得親和一點，就像現在成熟的我，甚至再偶像一點，不要發狂似地只專注在音樂的世界裡的話，會不會更好？他們說：「年紀小反而才可以很偶像，可是當時的你卻只專注在音樂裡，就是這樣才帥。」

抱歉，似乎有點離題了……

但是，當我看著〈暈眩〉的MV，我的心裡就有這樣的感覺。

「或許這世界感染著偏頭痛
所以這地面如此劇烈晃動
灰色 塗抹著大自然
藍色 憂鬱蒸發在生命外
迷失在宿命裡 失去平衡感

發現 樂園的入場卷
找不到 出口 敷衍著每一天
迷失在宿命裡 失去平衡感
旋轉木馬 什麼時候停止轉動
直到孤單出現了盡頭」
8/28 12:27 放暈眩，邊跟著鼓過門打字

林宥嘉

某天晚上，在餐館的會面，雖然他身穿運動外套，但是卻無法掩蓋骨子裡散發出的光芒，微笑、起身，並和藹的握著我的手。「你好阿傑，我看過你的表演跟影片，很榮幸。」這是我遇到阿山的第一印象：溫柔，非常的溫柔。

而我心裡其實很激動，因爲在我眼前的，正是專輯上的人物，一張陪伴我在我青春歲月的CD。

四分衛的主唱——陳如山。

從起初的餐館，一直到錄音室與阿山跟著旋律合唱，因爲一首合作到歌曲，我們完全不同的人生經歷，就像是不一樣的樂器，卻意外合奏著動人的旋律，這是我人生中最值得寫下來的故事之一。

透過文字，我就像一條線，穿過你耳中的音樂，連結了不同的世界。

透過文字，我帶大家重回這個地方，

而阿山，山哥的文字，就像聽四分衛的音樂一樣，舒適，溫暖，值得細細的品味。

他正要透過文字，帶大家到一個「回得去的地方與回不去的時光」。

他準備好，向世界展示那珍貴的毛病。

希望現在正咀嚼文字的你，能夠細細品嘗這味道，一陣陣熟悉又溫暖的氣氛。

阿傑（七月半樂團鼓手）

山哥，四分衛的主唱，傳說中台灣樂團界的瀧澤秀明。或許你沒聽說過這個傳說，但當年大家都是這麼說的。

早期的樂團，如果能擁有自己的練團室，是一件很熱血的事情，但通常練團室初期不太會有冷氣，那太奢侈了，與其買冷氣，不如買琴買音箱買效果器，練團時的汗水，只能靠裸上身去散熱，久而久之也變成了一種習慣。所以當年的樂團演出，上台習慣上半身沒穿衣服，我看過許多次山哥上空的演出，或許你也曾經看過。但你以為人家是刻意裸上身想要帥嗎？沒有，只是習慣自然排汗而已。

以上都是我唬爛的，但也不排除有幾分眞實性。

山哥的文字，在我心目中，優雅並堅定；他是搖滾行者，身體力行，行以為常；他觀察日常，細細日嘗。

日子有各種煩，就算慢跑也可能會拉傷，但該過的日子還是要過。這個世界的模樣，投射進我們的視網膜裡，看起來沒兩樣。但當這些同樣的影像傳遞到腦袋裡時，每個人靈魂，都有自己的小劇場。

歡迎你來到山哥的內心劇場。可以對號入座，也可以直奔搖滾區吶喊。

姚小民（旺福樂團主唱）

陳如山先生是一個非常違和感的人。

在九〇年代尾巴，那些聽搖滾樂團的時光裡，說出自己喜歡四分衛樂團這幾個字，不知道爲什麼總覺得比身邊那些成天「我愛夏天」啦或者是拿起吉他就彈起「擁抱」的裝模作樣男子，似乎更另類的感覺。未滿二十歲的扭捏嘛不分男女，千奇百怪。美男子主唱那些歌詞裡面詛咒的蟒蛇啦或是還在睡夢中的愛，就像每個人的青春期一樣似懂非懂。

中間我當過山哥的樂手，甚至還掌鏡了山哥與杉特的雙人組合的音樂錄影帶，那一陣子我們常常玩在一起，才發現更多違和的事。二〇一八年底山哥爲了「杉山兩兩」ＥＰ的音樂錄影帶住在台中，我們去了很多地方，我才發現搖滾樂團美男子這麼多年征戰華語音樂祭原來不喝酒的，搖滾樂團美男子這麼瘦竟然每餐可以吃三碗白飯……。

那天逼近午夜，山哥捎來了訊息告知出書的喜事，說到山哥的文字，三十個年頭過後已經不是虛無飄渺似懂非懂的青春現代，已經不再是吃掉寂寞、做了醒不過來的夢的那個男子。二〇二〇的山哥，描繪的是你曾經經過的路口，兒時錯過的那雙心愛的球鞋，那些每個陰晴不定的日子，還有在大人與小孩之間的自己。

每個時刻每個句點，都有你認識的世界，似曾相識。就像名導楊德昌的鉅作《一一》裡面那個專拍後腦杓照片的男孩洋洋，在複雜的塵世中，你看到的跟我看到的又不一樣，爽朗的直球。

還是美男子都這麼違和呢？我也不知道，我只熟識這麼一個。

孫彼得（銀巴士樂團貝斯手／**Patio** 餐廳老闆）

猛一回頭，我發現他朝我按下了快門。

殺青後，他傳了很多我猛一回頭、或者來不及回頭的照片給我，我好像第一次認識了自己——那些未經美化，百分百眞實的我，來自叫做阿山的攝影師的目光。

我很認眞的研究過那些照片，在裡面研判我的惱人及可愛，像照鏡子，不過我沒讓他知道，我假裝石沈大海，以掩飾自己的不夠成熟。

陸續的，我在ＩＧ裡看到了更多被他偷走的各種好有趣的眞實剎那，我說眞的，我很喜歡他的那些記錄，在由不得我控制的情況下就這麼貿然出現，讓我駐足，也很喜歡閱讀他註解時間的筆觸，不是詩的那種詩，閱讀他，是一首可達心靈的樂章，跟他擅長的搖滾，大大有別。

我按下「讚」，絕不僅僅是「到此一遊」。是謝謝。

謝謝他這樣生活、這樣珍惜生活、這樣用力生活，像是為我們寫的一首情歌。請繼續按下快門、繼續寫、繼續陳如山。喔，記得常常發ＩＧ，我很需要，拜託。

徐譽庭（《誰先愛上他的》導演）

有陣子好巧不巧的和山哥做了鄰居，那時常常找他吃飯聊天，聊了一些我們共同的記憶和當下人生碰到的問題，原本以為這些頻繁的接觸讓自己夠了解他，沒想到這次藉著山哥出的書，又讓我們看到他平常看不到溫柔的那一面。

山哥你真的讓人摸不透。再幾年小弟也要進入人生下半場了，前輩拜託請你不要走太快讓我跟不上。

張國璽（脫拉庫樂團主唱）

相較於阿山超強的記憶力，我是七秒即忘的金魚腦，但我記得當時走在校園聽著〈項鍊〉、〈再見吧惡魔〉和〈起來〉爲我埋下爲人生革命的種子，〈雨和眼淚〉則是陪我淋幾場浪漫的失戀雨。

時間一轉，我不再是那個只以愛情爲重的黏踢踢女孩，而四分衛也開始溫柔，改用另種方式輕喚我，不管是〈一首搖滾上月球〉或〈愛可以讓我們在一起〉。

歲月悄悄陪我們走來，即便音樂裡的主角們不再以當初的青春模樣現身卻依然獻聲，即便是回不去的時光也無妨，因爲他們用生命引領我前方的道路，相信堅持做著自己喜歡的事就是人生中最重要的事。

回得去的地方與回不去的時光，都重疊了我們的模樣。

莊鵑瑛 小球（歌手、自由創作者）

四分衛團員的福利，可以第一時間欣賞阿山作品，許多的想像轉變成文字，再編輯成為一首美麗的模樣，變成四分衛風格的曲，這是二十年前的記憶！

後來我離開四分衛，變成從旁觀著的角度欣賞著阿山的作品，隨著年紀增長，創作也進入多元風格，對於創作能量一直是深感佩服！

這本散文作品又是一大突破！幸運的我又可以提前欣賞到阿山的創作！現在的我們已是中年，回不去以前青澀的玩著搖滾樂！

未來的地方，讓作品的生命繼續活下痕跡！

郭偉建（四分衛樂團吉他手／臺灣烏克麗麗老闆）

阿山給了我一片天空。

遠古時期，在還有搖滾樂的時代，認識了阿山。我們在不同的廣告公司任職，他是設計、我是文案。他業餘組了一個「地下樂團」叫六角型，翻唱了很多槍與玫瑰的歌。初次看著台上高亢飆唱的他，簡直嚇壞了，心想怎麼有一個人可以反差這麼大！這眞的是我認識的那個私底下靦腆羞澀或說話從不帶有任何情緒的阿山嗎？

後來認識更久之後我漸漸發現了這人有個搖滾圈裡少見的個性就是努力與自律。他開始寫自己的歌了且寫得有聲有色；我們一起加入了搖滾棒球隊，我是廢材他是隊中的當家投手；他甚至開始當起演員而且演技好到我看了下巴都快掉下來……，他做每件事情大致都可達到超標的水準。所以他出書或以後成爲什麼舉重選手我大概都不會感到意外且認爲他可以把每一件事情做到位。

很慶幸我們都脫離了廣告圈投入了音樂產業可以把自己的興趣當成職業。多年之後我買了人生第一間房子，我找了阿山來把新家的天花板漆成一大片藍天白雲，總是希望即使坐在家裡時還可常常仰望天空回想我們清澈明亮的青春。

而最最忌妒他的就是他那數十年如一日的少年身材，你沒看那槍與玫瑰的主唱 Axel Rose 現在痴肥成什麼德性！而我們阿山依舊精實如山……。

陳彥豪 阿舌（Legacy 扛霸子）

相對於內斂，阿山屬於非常用力的表演者，沒有保留，就是下了台會虛脫的那種表演者。一首一首地唱，在舞台上話不多，很少有自我表述，但是全心全意地愛世界的搖滾帥哥，第一首歌就汗流浹背的超大能量（還有音量），帶給我的衝擊卻好清晰。

那是上個世紀末，獨立音樂圈還未成熟爲產業，整個氣氛山雨欲來，但所謂獨立音樂還只是次文化的小花園，還需要時間，還需要灌溉。當時，VIBE 是獨立音樂迷的夜生活聖地，阿山則是夜生活的搖滾巨星，是我第一個偶像，也是我第一個模仿的對象。

末屆野台開唱前，阿山、阿吉（董事長樂團）和我在一個撞球間拍宣傳照。妝髮、拍照的空檔很多，所以我們打球的時間也不少，他的球技很好，我並不驚訝，因爲阿山一直很多「才藝」。他學生時代是棒球投手，到今天仍然可以完投九局，阿山曾告訴我怎麼調節呼吸，他的經驗來自每天跑步的習慣，阿山也是有點宅氣的漫畫通，他排球、籃球也打得很好……。

我想起每次聽阿山聊一項運動、一本書、一家店、一個樂團……都可以不知不覺地解鎖一個技能。原來，阿山這麼多才藝；幾乎什麼樂器或運動都能上手，而且還可以玩得很厲害的祕訣，是他只關心人事物的本質，或者說基本動作，或者說內功。

阿山就像宮本武藏，也很像郭靖，總之阿山是不可能去練九陰白骨爪的，他最華麗的部分，就是長得很帥吧。

陳瑞凱（1976樂團主唱）

陳如山，被媒體習慣性稱爲台灣最帥的樂團主唱，但在我心裡，他是台灣最溫柔的搖滾樂手。和阿山第一次相識，他來客串我一部商業微電影裡的小角色，只有兩顆鏡頭，但是NG了不少次。老實說當時他的演技很青澀，但是配樂眞的好到無話可說，最後客串演出加配樂製作，阿山還額外贈送了自己演唱的主題曲。這眞的讓當時只有低預算小成本製作的我十足賺到了！

「你這部片子裡的愛情故事，讓我靈感一直冒出來，不把歌寫出來我會受不了。」阿山這樣說。

對，這就是我對他的印象，既溫柔又浪漫，和那種狂野嘶吼的 Rocker 截然不同。後來我找他幫忙帶六位年過半百，卻是第一次玩樂器第一次玩團的「睏熊霸」樂團老爸們練團，他聽完背景原由後，立刻一口答應，從此維持一年陪老爸們風雨無阻每週固定練團一次不中斷的紀錄。

也因此在我後來的電影《一首搖滾上月球》中，阿山成為主角之一，這次不用演就很迷人很自然，他為電影做的配樂歌曲，還帶著「睏熊霸」的老爸們，一起踏上第五十屆的金馬獎舞台領獎！

這也是溫柔浪漫卻又如此眞實的故事。後來，四分衛樂團和阿山，儼然成為NPO團體的好朋友，樂意為社會公益付出的樂團代表，很多年輕人因此更認識阿山，喜愛四分衛。我和阿山這麼多年來，還能保持君子般不會太黏也不會太遠的友誼，實在難得！我想主要原因還是在於彼此之間有許多共同點，不論屬於創作者的特質，或是看待世界的態度以及在生命中扮演的角色。

我們都是一直都在殘酷現實當中，繼續浪漫不切實際走下去的人呀！阿山的創作能量很巨大，有時像沈睡在橡木桶裡的葡萄酒，有時又像高溫蒸餾中的烈酒，不同時刻都會揮發出不一樣的迷人香味！這次的新書，也是我首次品嘗到全新的阿山風格，希望大家都會和我一樣沈醉其中！

黃嘉俊（**黑糖導演**）

……回得去的跟回不去的，忘不了與記不住的……

四分衛主唱，有著滄桑氣質卻又有搖滾魂的山哥出書了……。

光看書名，就好似跟著山哥坐著時光機，看著回得去的跟回不去的那些時光，還有忘不了與記不住的……。

山哥以往用他聲音唱出貼近生活的愛，這次用他的視角化成文字，情感細膩，也才能寫出傳遞愛的正面力量的音樂作品以及彙集成冊的這本新書。

蔡宓潔 宓導（Line TV那一天導演）

一回頭才察覺竟然是高中同學！

長大、青春、衰老是幅畫，大夥說好一起用心塗鴉，有人匆匆一筆，有人細細描繪，前仆後繼跌跌撞撞，近看似潦草，遠觀才感受精采。

越來越察覺退伍之後的阿山根本都沒有也不想變成熟，即便結婚生子到⋯⋯

@$#_+)&^%(*

這位看起來莽撞撞的大人，原來還是個有所隱瞞的小孩子。

鄭峰昇 虎神（四分衛樂團團長／角頭音樂總監）

自序

謝謝遇見的每一個人

阿景沿著田埂往樂華夜市的方向走去，穿過了大新街來到永和路上，他和熟識的唱片行老闆使了個眼色，老闆小心翼翼地把唱片從封套裡拿出來，雙手謹慎地放到唱盤上再擺上唱針，並且把音量開到比平常還要大的程度，唱針和黑膠唱片接觸的瞬間產生細微的刮痕聲響，真是這世界上最美好的前奏，沒有歌詞沒有旋律卻百聽不膩，短短的卻又溫暖到心坎。

喜歡的歌當然要播放給喜歡的人聽，那位被喜歡的人聽到那首喜歡的歌從音響播放出來，那是約定好的訊號代表喜歡她的人來了。

小雯坐在四樓客廳的沙發上看著腿上那雙白色的襪子，她有些猶豫地摺了一摺又把它拉回原狀，然後抬頭看了眼牆上的時鐘，忽然耳朵聽見了熟悉又等待已久的歌曲，瞬間從沙發彈起跑向窗邊把窗簾偷偷地拉開一角往對街看，明明不用確認的但還是想要眼見為憑，於是心跳和小碎步用同一個速度同步進行，隨著心情起伏往樓下走去。

星期五接近中午時分的陽光熱烈，永和路上每一個人都在往他們各自的目的地前進，大家的影子都各自懶散或各自忙碌地在柏油路上呈現不同的形狀，當然也包括阿景和小雯非常年輕的影子。

他們肩並肩有說有笑地一起往中正橋的方向走去，經過了永和豆漿來到堤防邊，那首喜歡的歌陪著他們坐在堤防邊的背影，一起看著緩慢移動的新店溪。

阿景的素描繪畫功力不錯，高中畢業之後經朋友介紹開始在戲院畫電影看板，小雯則是在中和的德州電子上班，經過了一段相處的日子他們結了婚，在福和路二四五巷的住處也一起存了錢買了一台唱機，唱機上也經常播放他們一起喜歡的那首歌，那首歌是從她們年輕時代一直延伸到現在的配樂。

後來小朋友出生，阿景經常騎著摩托車載著全家出遊，他跟他的小兔崽子說這部機車可是月光假面騎過的喔，小兔崽子跟媽媽說希望有天可以和月光假面碰面，他也想要有和他一樣的披風，媽媽總跟他說只要你長大了就會遇到啦！於是他只能幻想在月黑風高的晚上在城市裡執行任務的樣子。

後來這個小朋友不小心也長大了一點，長大的程度頂多是暫時忘掉了小時候的幻想，就在他對未來開始有點想像的時候某天放學和同學一起走在大新街，他們想要去樂華夜市的地攤買菲比凱斯和中森明菜的海報，同學無意間地問他：「你以後想要做些什麼啊？」

這個暫時忘掉月光假面的傢伙說：「我想要當職棒選手或是組搖滾樂團！」

後來經過了十年，職棒選手沒有當成，他倒是和高中同學相約大家退伍之後一起來搞樂團，於是夢想在跌跌撞撞的狀態下慢慢地成眞。

雖然黑夜裡城市的星空比他小時候看的失色不少，但他聽的以及想唱的眞的比他小時候多了太多。

於是他們在永和秀朗路底的某間大樓的頂樓蓋了一間練團室，一起很開心在沒有空調的狀況下唱了很多國外樂團的歌，當時很年輕的他完全想像不到後來他還眞的寫了許多歌，而他也想像不到因爲這些自己寫的歌而遇見了很多人。

後來他不自覺地經歷了許多難以言喻的人情世故，後來不管他走去哪裡都會發覺那些回得去的地方都是回不去的時光，後來他也忽然懂得就算住在不會下雪的城市裡，也會感受到心裡的氣溫經常比氣象預報的還冷。

所有的相聚分離以及作決定都不知不覺累積得越來越多，因爲一切都留不住所以他唯一能做的就是經常拍照偶而回顧。後來這些畫面與文字一不小心就集結成冊，於是這些阿哩阿雜的胡言亂語代替了回不去的時光讓他遇見了你。

#謝謝遇見的每一個人

陳如山

目錄

目錄

Part 3

歌詞、電影，與人生

目錄

Part 4

阿雜劇場

目錄

0 沒有雨聲的日子

昨天早上要離開台東之前，特別拿著民宿給的早餐兌換券去吃了蘿蔔糕，然後騎著腳踏車去了海邊，坐在都是石頭的沙灘上把手機架好自拍吹起了〈睡美人〉的口琴，接著往海浪走去讓東海岸的海浪沖刷我的腳丫子，周遭空無一人我忽然心血來潮面對著大海清唱了起來，覺得開開嗓曬太陽很舒服，眞的是名符其實的唱給海聽。

之後就回民宿沖個澡整理行李準備出門再把腳踏車騎去鐵花村還，大白天的鐵花村空無一人，我心裡想著昨天焚風音樂節一直錯過對的時機拍下村長撒花的瞬間而懊惱不已，不一會兒在馬路上遇到了小黃然後就往機場過去了。司機大哥說我的運氣不錯，他說在台東大家都不會在馬路邊叫車，都是用電話叫車的，我心裡想好險因爲就好像快要進入登機的時間了，我看著沿路的風景看著遠處的山心想下次不知道什麼時候還能再來台東，好想在這邊多待幾天啊！就在擋風玻璃

慢慢地出現了台東機場的樣子的時候忽然車上音響出現了張雨生的〈大海〉這首歌，我忽然全身的雞皮疙瘩都起來了，因爲當時我心想我剛剛就對著大海唱歌啊，接著明天也就是今天晚上也就是等會兒我就準備要錄我夢見張雨生的這首歌了。

寶哥，去年十月我夢到你的時候，在夢裡你說有首歌還沒寫完，我就說我幫你一起寫，當我打開鋼琴 App 想找到某個音的時候，你就把我的手機拿去滑了，你坐在米白色有午後兩點的陽光的沙發上，日曬異常強烈的當下我看不清楚你的臉。

後來我把夢見你的氣氛和之前唱〈天天想你〉的感覺也寫成一首歌了，這首歌叫做〈沒有雨聲的日子〉，原來天氣晴朗的時候雨都會下在心裡，原來想念可以瞞得住別人卻騙不了自己，後來所謂的偶而都是不肯承認的經常，後來聽懂歌詞之後才發覺每一個人都有天天想你裡面的那一個人。

寶哥請助我一臂之力，我已經在錄音室的麥克風前就定位了，你寫的歌詞裡面會有雨嗎？你想的旋律在遙遠的地方，沒有雨聲的日子，我們天天想你啊。

Part 1

大人。

序曲

如果

．二〇〇八

如果我是一把電吉他，一定是fender telecaster 52，
如果我是一把木吉他，一定是那把倔強的黑色Gibson Jumbo，
如果我是一瓶飲料，一定是在加油站集點之後換來的礦泉水，
如果我是一張紙飛機，一定會有用鉛筆寫的髒話和飛碟的塗鴉，
如果我是一張照片，一定會藏在衣櫃裡那一件有被鐵絲網刮破的黑色外套裡，
如果我是一個衣櫃，那會有一隻大花貓帶著七隻小貓住在裡面，
如果我是一本字典，一定要厚得像誰家信箱裡胡亂放的早餐店傳單一樣，
如果我是一份早餐，一定是饅頭搭配半糖豆漿，
如果我是一杯咖啡，那是熱拿鐵，

如果我是一種蔬菜，想必是花椰菜，

如果我是一座公園，一定要有月光、鞦韆、烤地瓜和四百公尺接力賽，

如果我是一片沙灘，不准有垃圾！

如果我是一首情歌，一定沒有歌詞，

如果我是一個字，搞不好是「靠」！

如果我是一句話，應該是旅行時不小心說的那一句：「怎麼和地圖畫得不一樣？」

如果我是維他命C，可能會在架子上放到過期，

如果我是酸痛貼布，會貼在肩膀上，

如果我忽然太多嘴，鐵定是非常開心了，

如果我沒啥話好說，搞不好是太開心了，

如果我太開心了，絕對不會和啤酒扯上關係，

如果我喝太多啤酒，一定會生氣和吐，隔天早上醒來看見在花園裡有一叢枯萎可怕的痕跡，

如果我生氣，應該和走音沒有關係，

如果我沒吃午飯，一定是拉肚子，
如果我在開會，那應該是沒有地方可以去，
如果我心情不好，鐵定不是因為提案沒過，
如果我情緒不佳，應該是假日加班和沙塵暴的關係，
如果我在一九六九就已經二十歲了，那我現在一定會後悔為什麼搬家的時候把一堆黑膠唱片搞丟了？
如果王菲在我面前，我希望能聽到她唱〈我願意〉，
如果前面二十公尺有怪物，我一定沒有懼高症，
如果天空都被飛機蓋滿，那應該會有某種程度的壓力，
如果我是人，一定不是個完美的貨色，
如果我愛你，絕對不會只到魂飛魄散的那一刻，
如果我恨你，那我一定沒空，
如果我想你，那我一定假裝自己沒空，
如果我沒聽清楚你說什麼，那麼一定是在想你，

如果我是你，我一定會認為寫這篇文章的人開了一間躁鬱症工廠！

如果我是拳擊手，我可能會挨了很多拳，但我還是不斷地站起來繼續出拳，想辦法記住對手的步伐和拳路，並且繼續攻擊繼續閃躲。我不想擊倒對手，也不想輸得太難看，我只是想要精疲力盡之後，洗個澡，睡個大頭覺！

但，算了，我可不喜歡也不習慣挨很多拳！

·二〇一三

如果我是一把電吉他，現在是Duesenberg Starplayer，我太習慣他的tone了，
如果我是一把木吉他，一定還是那把黑色Gibson Jumbo，他的個性變得柔軟了，
如果我是一幅抽象畫，那就只要A4大小，畫面是粗細不一簡單的線條，不會讓
你想得太久，
如果我是一種蔬菜，現在是地瓜葉，
如果我是一張唱片，鐵定會有刮傷的痕跡和慢慢變淡用鉛筆註明的購買日期，
如果我是一張大桌子，潛水艇要藏在抽屜裡面，
如果我是一艘潛水艇，浮在海面上的時間會比潛水的時間多很多，
如果我是一隻鯨魚，會好奇沙灘上藍白相間的太陽傘底下，那張草蓆的觸感，
如果我是一種顏色，應該是猶豫不決的漸層灰，
如果我是一間便利商店，一定要播放好聽的音樂，門口有鸚鵡站崗，
如果我是一座山，山上要有溫泉和野菜餐廳，
如果我是一座溫泉，希望要有很多人聊天作陪，

如果我聽到很多人在聊天，那麼我會想像那些故事和畫面，或是歌曲或封面，
如果我開了一家書店，希望裡面附設麵包店，下午三點會有烤麵包的香味，
如果我迷了路，應該會在轉角遇見停在你頭上的蝴蝶，
如果我是地球，一定會懷疑月球怎麼那麼大顆？
如果我是月球，或許會試著讓地球看看自己的背面，
如果我正在行軍，腦海裡一定期待晚上夜宿草地時整片星星堆滿天，
如果我望著星星像灑滿了鹽巴那樣的夜空，那麼我需要一段配樂來流淚，
如果我流了眼淚，就不會得針眼，
如果我是一本漫畫，書名就叫作《和長頸鹿去旅行》，
如果我是一篇散文，篇名就叫作〈跑步的時候我聽的歌曲〉，
如果我是一本小說，書名就叫作《浮萍瑪莉刻在鞦韆上的願望》，
如果浮萍瑪莉要拍成電影，絕對不要3D特效，
如果我是一個和弦，希望是G大調，
如果我是小王子，星球上一定要有一大片擁有錄音室的森林，

如果我是拳擊手，現在不想要太囉唆，直球對決就對了，
如果我什麼都不在乎，說真的我的快樂有大部分是假的，
如果我經常假裝快樂，那麼應該還算是個稱職的大人了，
如果我變成了大人，應該自己都還不曉得，
如果我還不曉得，那真是要不得，
如果我還可以是小孩，就一定要好好學鋼琴，
如果我是鋼琴，那麼就一定是魔鬼，
如果我是魔鬼，那就趕快說再見，
如果我懂得生活，那麼明年的如果會更少一點。

1

人不厭世怎麼活得下去

記得是國中的時候吧，大我四歲、小時候一起長大的朋友適逢生日，我買了一本叫做《我是貓》的小說送給他，他說爲什麼挑了這本？我說覺得書名很有趣啊，但其實自己從來沒看過。

這麼多年過去，在書店被「心」的封面吸引，這幾天慢慢讀完夏目老師的作品，在閱讀的過程裡面心裡蹦出「人不厭世怎麼活得下去？」的自以爲是的玩笑話，每每面對同樣一件事情，每個人的心都一定有不一樣的理解；一百多

年前寫的小說一直到現在，應該經歷了好多次的再版吧，不愧是大文豪，真心佩服。

外表的風平浪靜終究抵擋不了內心的波濤洶湧，原來在這樣對抗的過程裡面所產生出來的就叫做寂寞。

剛問朋友他記不記得這回事，他回我「說真的這麼久了，我還真的忘了有這個禮物……」，我心想，很多事情記不清楚比記得住還好啊。

2 內傷就去針灸看中醫

每一間廣播的錄音室我都還記得他們的樣子，只要是新專輯的宣傳幾乎都會來到一遍，在訪談的過程中聽見每一位DJ對於新歌的想法與喜好，眞的好像有打開一扇布滿灰塵的窗，窗簾的灰塵被空氣的流動影響著，窗外的光線把每顆懸浮粒子照得閃閃發亮，搞得我好想打噴嚏，窗外的視野很高很好可以比平常看得遠，大概就是這樣的感覺，確實我也喜歡每間錄音室窗外的風景，可以讓我看見平常看不見的台北。

某天來到「娛樂e世代」的現場，照例要吸取主持人的意見，建恆說我這幾年的歌詞越來越走心；聽到可以寫進別人的心坎裡讓我有些開心，這趟漫長的旅

程似乎好近又好遠，好像走沒多久又好像走了再久也走不到，不管走不走得到，反正暗爽在心裡，內傷就去針灸看中醫。

但現在這樣的開心或許來自從盤古開天以來許多不開心的遭遇，或許這也是一種happy-sad，爲了作品的呈現很快樂地傷感著，用形容詞形容眞的很假掰又貼切，想不出更適合的形容了，但我怎麼會用盤古來形容？開天闢地都來不及了，應該沒有空開心或是難過，而且有時候我眞的很討厭自己一副不在意的樣子，但是我又好像很擅長這樣做。

打開錄音室的門之後看見的光景有些不習慣，原本很大的空間重新裝潢隔成了三間，原來是為了因應現在直播時代做的調整，天花板的光源設計過了，牆上的幾顆蘋果光據說可以讓氣色看起來更漂亮，但是我還是喜歡原本大間的樣子，坐在椅子上往後滑也不會撞到牆。

3 打哈欠的貓咪

生活或工作上經常會遇見很多事情，有些狀況是必須當下作出反應並且討論或是思考之後作出決定。

如果在當時沒有提出有效的意見或是想法，你自以爲這是深思熟慮的過程而把事情憋在心裡不做出任何反擊，或是反擊的力道就像摸摸躺在你胸懷裡正在打哈欠的貓咪，那麼之後就會在刷牙的時候發生把洗面乳擠到牙刷上面的狀況，心不在焉的結果就是看著鏡中苦笑的自己，也不知道這次是第幾次的後悔莫及？

4 忘不了的和記不住的

二〇一四的世界盃作戰期間作息都被打亂了，星期一練完團之後直接在電視前就位，情緒亢奮又加上連續熬夜了幾天的結果，讓左邊的耳朵和喉嚨有些不舒服。

隔天找了間耳鼻喉科給醫師看，拿出健保卡給櫃檯跟護士說我第一次來，當然依照慣例是要填單子的。我寫到一半護士邊轉筆邊跟我說：「啊！你九二年有來過喔！」

民國九十二年也就是二〇〇三年，但是我一丁點印象也沒有，這樣完全不著痕跡的感覺讓我還蠻訝異，我完完全全地忘記自己曾經來過這兒。

在等待的過程裡面我迅速的回想了一下二〇〇三年。三月在華山，四分衛辦了十週年的表演，當時同台的還有「亥兒」，七月發行第三張專輯《Rock Team》，九月是和張曼玉同一天生日的女兒誕生的月份。然後記得應該是十月吧，在韓國舉辦的亞洲盃，當時還在廣告公司的我和同事們一起放下工作在電視前面幫中華隊加油。前四次打擊已經遭受四次三振的K金戰士，居然在第五次打席擊出二遊間[1]的穿越安打，當時興奮暢快的感覺如今還是一清二楚。

對於這些有長有短的片段與逐漸消逝的光景，就這樣默默地支撐與連接曾經一路走過來的日子。他們本來就該在腦海裡占有一席之地，當我忽然發現了某個完全忘掉的景色，不知為何我感到有些抱歉。原來在生活裡面總是會有忘不了的和記不住的，面對接下來一連串可能忘掉的和能夠記住的，也請多多包涵我的任性，我真的不是故意的。

1 在二壘手和游擊手之間。

5

我是被文青附身了嗎？

風吹的整座紗窗嘎嘎響，我就是被這樣的聲音吵醒了。半夢半醒之際，我又想到關於寫歌的事情，真的很不喜歡這樣鑽牛角尖又無法放鬆的自己，尤其在星期天的一大早。

看著天花板，我試著想起剛剛做過的夢。

夢裡面，背景是橘色系有黑色線條的城市，走在街上遇見某位路人的臉變成一本漫畫，而我一直翻、一直翻，不知過了多久，就是想要找到躲在那張臉裡的畫面，有些類似《JoJo冒險野郎》裡那位頑固的漫畫家，《岸邊露伴一動也不動》的替身天堂之門。

夢的最後應該是沒有翻到最後一頁吧？但忽然有一句話蹦了出來：

「我的歌詞和旋律應該來自於我的人生，而不是我的文字。」感覺有點若有似無的氣魄嗎？還是不堪回首的頓悟？

不過下一秒驚醒的瞬間，又出現了一句話……

「靠！我是被文青附身了嗎？」於是，我就推開棉被起床去浴室擠牙膏。

當然，我倒是不介意這樣文謅謅的排列組合。後來，我也知道所有的人情世故都是經過被磨練的脾氣，大膽地說，我脾氣不好，但也是有整頓過的，再更直白的說，最近寫歌的速度變快了，大概要歸功於我心情不大好吧？

我確定這絕對不是個好理由，看著鏡子裡狼狽的樣子，都有些不好意思，其實事情很簡單吧……活著，只要有力氣煩惱，應該要開心了！

但是我眞的好羨慕一倒下就睡著的人。

6 忽然變得珍貴

「飛行五號流行音樂社」的都更對四分衛來說也像是個轉折點，從二〇〇四年開始從永安市場捷運站附近一直到二〇〇八年搬到中和南山路二五五號，四分衛都一直在這兒練團，謝謝老闆阿震這麼多年以來的支持。

熟悉的場景一下子被挖土機怪手輾過，認得出來的只剩下門口的地板，當初在裡面唱歌嬉鬧練團錄音的相片忽然變得珍貴了起來，每一個音、每一段編曲，每一個認識的朋友又都少了一個可以不定期遇見的場所。

或許生活裡面不斷反覆的破壞與建設就是每段故事的結束與開始。都更之後的某天我特別經過這兒，拍了幾張相片上傳，眼前東倒西歪殘破不堪但手機還是可以打卡，莫名其妙地特別感傷。

7 表現得還算不錯

今天坐公車的時候，有位老阿嬤準備下車，她還帶了一個很重的箱子。我因爲坐在最前面所以她下車的時候我幫她順便提了下去，箱子比我想像的重很多，我正納悶她上車的時候怎麼提得上來？

就在納悶的同時內心的小劇場也無限延伸，那箱子沈重的感覺像是許多相似的物體堆疊在一起而產生的重量，而不是完整的一個塞滿滿，到底是什麼東西實在是很好奇？啞鈴、保齡球、撞球、錄音帶、運動飲料、米酒、沙拉油、鳳梨、外星人的屍體……，之前我常因爲這樣莫名其妙的亂想而坐過站。

公車到站之後轉捷運，捷運裡面的人慢慢地變多，某站有位老外拿著拐杖走

了進來，剛好跟我成一直線，他看著我、我看著他，此時不站更待何時？我用眼神示意趕緊讓座給他，滿頭白髮的老外用鑾流利的中文跟我說「謝謝」，後來我從窗面的反射看到他和友人聊天似乎鑾開心。

捷運到站之後因爲離通告時間還早，肚子有些餓，附近找了一家「八方雲集」，點餐就定位之後，眼看著前方有一家人大大小小走了進來，於是我又起身把座位讓給他們，讓他們可以坐在一起。可能是看了電影《小偷家族》的關係，看到一家四口就會想到電影的劇情，縱使人性多麼善良可愛，也會有多麼地殘酷險惡，縱使沒有血緣關係，但是只要能夠在一起就是難能可貴的。

後來我往門口移動和另外一位陌生人併桌，他和我一樣都點了十顆水餃，只是我附加的是燙青菜，他則是多了一碗酸辣湯。他吃水餃和喝湯的聲音有點大，我沒有辦法不注意卻假裝沒聽見，我看著他吃得津津有味，也看著他滿布皺紋的右手正在忙碌，心裡想著剛剛我一路上表現得還算不錯啦！

因爲圓山站上空一直都有飛機飛過，所以我想拍一張有飛機的相片當作今天的畫面，但是一直拍不好不是焦距沒對準就是飛機看起來太小。我等了一陣子，汗水從下巴往脖子滑落，我有些想要放棄卻又覺得可惜，離集合的時間又越來越緊迫，於是我心不甘情不願地讓又悶又熱的空氣陪著我往目的地走去。

好熱好熱，背包裡有一件薄外套，因爲等下錄音室會好冷好冷。

8 原來廣告拍的都是真的

二〇一二年的夏天，四分衛、五月天、滅火器和 1976 一起受邀來到東京的 Summer Sonic 表演，雖然事隔多年但想起當時的陽光、突如其來的雨水和現場精采的表演，還是覺得大開眼界。因爲是第一次參加國外的音樂祭，又有表演者特定的手環，坐在主舞台「千葉羅德隊ＱＶＣ海洋球場」的選手休息區，想著當年鈴木一朗隨著歐力士隊來羅德打客場比賽，也許就坐在同一個位置上而興奮不已。

音樂祭一共兩天，第一天沒有表演但還是在「海濱幕張」待了一天，回到新宿時已經接近凌晨了。看著半夜的歌舞伎町天空是烏漆嘛黑的，想著深夜裡一堆吃吃喝喝是閃閃發亮的，桂花拉麵的地下室聚集了一群不肯輕易回到飯店的「年輕人」，拉麵吃完忘了誰提議要喝啤酒，老闆從冰庫拿出生啤酒，再拿出冰鎮了

不知多久的杯子，把啤酒倒入冰杯裡，看見米白麥色的氣泡慢慢往杯口上滿出來。

我天生就不是喝酒的料，心想著啤酒這麼苦，爲何大家都愛喝？按照往例就配合著和大家一起舉杯呼口號，就是在這個瞬間我喝到了這輩子最好喝、最順最甘甜的一口啤酒，我不記得當時說了些什麼，但眼睛應該是瞪得大大的並且馬上相信原來廣告拍的都是眞的。

畫面是艷陽下因爲沙灘排球而滿身大汗的比基尼女子，大口地喝下一手啤酒，喉頭傳來咕嚕的聲響，細細綿綿的泡沫逃過牙齒與舌頭的擠壓從嘴巴與杯口的縫隙溢了出來，隨著引力經過下巴往脖子上流動，滴落在胸膛上的啤酒在陽光照耀下閃閃動人，和被海風吹散的頭髮糾纏在一起。在暢快狂飲之後，來自丹田經過喉嚨的某個聲響，這一聲「啊」從上個世紀就一直悶不吭聲地躲在我身體裡的某處，一直到我人生面臨第四十三個年頭的夏天在東京釋放出來，原來啤酒可以這麼好喝！

說起來有些丟臉，在這之後我才眞正知道生啤與熟啤的差別，雖然自己永遠都是不合格的大人，但那些想說卻不敢說的話，想做卻不敢做的事，就在那一天感覺到似乎比較不用再多做隱藏，似乎比以前更接近了大人一點，原來那些人生慢慢地累積而產生的許多苦澀，就是啤酒變成甘甜的原因啊！

9 砧板

在拍攝工作開始之前，和大家閒聊當中得知老闆不喜歡有人幫他打廣告，他很低調也不喜歡被「打卡」。餓著肚子前來這場通告，看著眼前這家日本料理店內高朋滿座，在不要太過打擾店內客人的用餐情緒同時鏡頭裡面也需要現場熱鬧的氣氛，在這樣的情境之下工作人員忙著架設機器和布置並頻繁地交頭接耳，已經到了預定開拍的時間但還沒有開始，我心裡想著還好剛從捷運站走過來的時候順路先吃了兩顆水煎包。

今晚的通告是關於卜星慧（小米）的最新專輯《Selfie》，本日拍攝的內容大概就是我和小米在店內用餐並評論美食與討論音樂，但是我們真的都很不想討論音樂也不是專業的美食評論家，所以內容就開始圍繞在一連串好吃的感想和說製作人虎神壞話的胡言亂語下展開，期間遇到不懂的料理，吧台的老闆就很仔細地介紹了幾道料理並教我們不認識的字。

我眼睛看著老闆的雙手在砧板熟練地邊切軟絲出神，耳朵聽見老闆對著左側的客人們說：「作爲一個男人啊，最落魄的就是當你一無所有的時候卻遇見了一位你很愛的女人，那種感覺眞的很想死！」當時嘴裡正在細細品嘗氣泡綿密的生啤，腦海裡的潛望鏡藉著吧台的感嘆悄悄浮出水面，鏡頭裡出現的不是海平面卻是周星馳的某部電影，耳朵裡聽見的是喜劇之王裡的台詞「我養你啊」。我想砧板上所承受的不只是不銹鋼刀的力道和數不清的料理刮痕，砧板上看不見卻讓你更深刻的是那些難以言喻的眼淚乾掉之後所框住的歲月。

拍攝完畢之後，我走向店內的另一側，櫥櫃上擺放了一整排很有氣勢的威士忌，年齡從十四歲到二十五歲不等，上頭有鯉魚和海中蛟龍的圖案並提有「大風兮起」字樣的商標讓我看了好久，老闆問我：「要不要喝？這些都是我從法國帶回來的，每一瓶都是全球限量，上頭都還有編號喔！」

10

麵包超人

我很不喜歡「堅持」這兩個字，但有時候不堅持還眞的會錯過了些什麼。

所以隨著時間、隨著歷練所做的選擇與決定應該會更聰明才是，但總是事與願違，只好摸摸鼻子，摸得紅通通的像麵包超人一樣，肚子餓了還可以拿去吃。

11 D和G

剛剛彈木吉他亂哼亂唱的時候，一個不小心把 pick 掉進了洞裡，我把吉他反過來想把 pick 從洞裡抖出來，感覺自己有些心急。我想起不知道多久之前還抖過 mono 橡皮擦和五元銅板，還有短短的蠟筆。

木吉他不重，我就像舉重一樣，上上下下左右地搖晃，讓 pick 在 body 裡面撞擊著木頭發出一連串聲響，比我想像的久很多，花了一段時間好不容易 pick 才掉落地面。

撿起了 pick 準備再亂彈一陣的時候，看見吉他上的第三和第四弦上，也就是 D 和 G，勾著一團類似小毛線球的東西，我輕輕地用無名指和拇指抓起來放到桌上。

我盯著這些經年累月的不知從何處飛來的灰塵或毛屑，或是什麼我不知道的玩意兒，心想他們不約而同地集合在吉他的身體裡面，彼此從不認識一直到緊緊地纏繞在一起，不知道他們在裡面待了多久？也不知道他們聽了我彈錯多少歌？

不管他們願不願意繼續聽下去，我又把他們丟回了洞裡。

（題外話，D和G在open的狀態下，共鳴很好聽、飽滿。）

12 傷痕累累路途遙遠

前幾年受邀爲了某本書以兩三句話分享自己在創作路上的心路歷程，當時很直覺地沒有想很多就寫了兩句話寄回去，後來慢慢淡忘這件事。

隔年在台東鐵花村擔任樂團比賽的評審，比賽開始之前爲夜晚閃閃發亮的燈籠們拍照留念也順便跑去附近誠品晃晃，在書店的陳列架上看到熟悉的書名，才想起了之前的這件事。

比賽結束之後和大夥小酌片刻，捷任說好久不見要跟我喝個好幾杯，我喝了一點就假藉和王老師討論音樂耗在鋼琴旁邊，看著只有黑白兩色的琴鍵發出彩色絢麗又悲傷的樂句，我想我有一點點喝醉了。

回到飯店，我撕掉包膜翻開書的前幾頁有看到一些音樂人分享自己關於音樂路上的隻字片語，都寫得很好，唯獨沒有看到我的，心想：「一定是寫得不好所以沒有被採用吧！」我打開手機的寄件備份看著這幾年我對於音樂或是生活的簡單想法，也就是之前寫的那兩句話，「總是要傷痕累累才不會面目可憎，總是要路途遙遠才能夠越陷越深。」在酒精揮發的差不多、腦袋稍微清醒的時候也不知該如何解釋，明明是自己寫的啊，卻有點搞不懂是什麼意思？也難怪出版社沒有採用，太強人所難了。

後來又過了幾個月，有歌迷朋友也寄了同樣的一本書給我，於是我就把在台東買的那本送給杉特了。

13 齒如編貝

在日常生活中有一部分要做到的就是，不要讓大家在受苦受難和難得享受快樂的時候，替你分心、替你擔心，有點像當你站在海邊眺望著遠方般的一望無際。

夕陽那麼美麗，漲潮的海浪沖刷掉你在沙灘上的塗鴉，濕透了你新買的球鞋和腳丫子，你有些無奈並蹲下去撿起平凡無奇的貝殼，沒有看見你的人正在忙著其他事，看見你的人望著你的背影那麼地瀟灑那麼地堅定，縱使心裡難過的要命比海水還冰，不用裝堅強也不用熱情，但你還是得要回眸一笑，嘴角上揚豎起大拇指，露出你剛用牙線清理過的牙齒，齒如編貝閃閃動人，我想這可能就是你慢慢變得強悍的過程。

14 謝謝你們來看我們演唱

剛跑完步，我坐在便利商店外面喝半糖豆漿，男生經過說想要拍照，我說「好啊」，他說之前有來看四分衛的表演，女朋友也有去，我說「謝謝你們來啊」。

開心的合照完之後，我繼續喝豆漿，喝沒幾口，男生又忽然出現了，旁邊多了一位女生，這次他幫我和他的女朋友合照。簡短的道別之後，這次輪到我幫他們的背影拍照，直覺今天的心情應該會不錯喔，也謝謝你們來看演唱會。

BEER
中華電信

15 麻煩

我不是一個按時繳交作業的學生，有時候很慢，製造了別人的麻煩，有時候很快，也造成了大家的麻煩。

希望這些「麻煩」在未來都會是個不錯的答案。

16

就是懶

吃炸醬麵的時候，你喜歡把麵條和醬料拌均勻再吃，還是不攪拌直接吃？

我是屬於後者，因爲這樣可以吃到白白的麵條，也可以吃到沾到醬料的麵條，說好聽是可以有兩種層次，說難聽就是「懶」。我蠻喜歡永康街裡某條巷子的刀削麵，從之前人工削的到現在機器削的，我倒是吃不出來有什麼分別？總之吃起來非常有嚼勁就先得分了！

之前在南陽街附近有一間幾位老兵開的一家「聯合麵店」，約莫上個世紀末到這個世紀初我時常造訪那兒，我總是跟朋友形容那碗牛肉麵的湯頭有龍棲息在裡面，好吃好喝得不得了，後來大概老兵們退休了，店不見了，我再也吃不到了。

現在科技那麼進步，影像聲音畫面都可以用數位方式保存下來，什麼時候嗅覺跟嘴巴的酸甜苦辣也可數位化？那還眞是難以想像。

17

只要有我在，你們就是這星球最強

今天在北市大體育館算是正式看了一場精采的排球比賽，不像電視有重播，身歷其境眞是讓我手心冒汗。看著平常練習時嘻嘻哈哈的女排隊員在企業聯賽場上像是換了一副神情，連場下的我們都專注了起來，雖然手摸不到球但內心正在熱血沸騰！

沉浸在吶喊聲裡時間慢慢流逝，場上的鯨魚們載浮載沈努力奮戰，身前身後身旁都是搖排的隊員，大家一

起在同一艘船上乘風破浪。我回頭望見小梅手裡拿著自行製作的加油牌子，上面寫著「只要有我在，你們就是這星球最強！」我忽然發覺相信隊友並且讓隊友相信自己是多麼地重要。

很簡單的一件事卻蘊藏著繼續往前的力量，之前誰也不認識誰，但我相信我們因爲同一件事而聚在一起不是沒有原因的，雖然我還不知道那是什麼？但我能夠確定的是今天的我很開心！

18

明天永遠不知道

很久沒有跑步的時候聽 Mr.Children 的歌了，想起二〇一九他們在小巨蛋的表演，〈Tomorrow never know〉的前奏一下我眼淚就流出來了，當時我覺得很奇怪，那明明不是我最喜歡他們的歌啊？我最喜歡的是〈終わりなき旅〉或是〈GIFT〉或是〈Not Found〉。

現在想起來那樣的氣氛實在是很奇妙，雖然我知道明天永遠不知道，但是我絕對知道音樂的力量如此強大。

總是在快要撐不下去的時候，依舊讓你笑容滿面，也許某天在某場演唱會、某場電影、某個聚會、某個我不知道的地方，我真的很想再經歷一次那種雖然流淚但並不是哭泣的感覺。

19

哭得稀裡嘩啦

剛剛騎 UBike 經過中和，遇見很久很久很久以前住過的公寓大廈樓下的門是開的，我心想上次踏上這樓梯間是九〇年代吧，我記得當時是住在五樓吧？於是硬著頭皮走到了天台，本想回味些什麼，但烏漆嘛黑的什麼都看不到，但也因爲很暗所以夜景看得特別清楚，也想起了當時的女朋友。

當兵的那天早上我就是從這裡出發到台北車站準備坐火車到龍泉報到，我記得在月台我們依依不捨地說再見，也記得隔著車窗我看見她哭得稀裡嘩啦。現在回想起來畫面裡火車的車窗都是濕的。

偶而回到曾經熟悉後來生澀的場景，真的會發覺時間過得好快，期間你會遇見一些人也會錯過一些人，你主演的電影川流不息迎面而來，你喜歡聽的歌曲總是在後來才聽見了歌詞，在某個不經意沒有下雨的夜晚才發現原來越遙遠的越是清晰。

20

Smile

去博愛路拿維修好的相機，因爲肚子餓了起來，所以經過「世運」就快快買了支雞腿啃了兩口，然後再開一陣子閃雙黃燈在相機修護中心門口臨時停車。小小的櫃檯只站得了兩個人，左側的客人問題不少，我則是擔心路邊停車是否會擋到別人頻頻回頭查看。

後來check了簽單，試拍了相機也沒有問題，付了帳收取發票的同時，老闆娘忽然笑笑的跟我說：「我有去看《誰先愛上他的》，電影很好看喔！」心裡抖了一下，眼睛閃了一下，也開心地回說：「謝謝啊！」在走回車上的短短幾秒鐘，心裡想著：糟了~嘴巴剛剛啃了雞腿是不是還油油的？哇哈哈！

據說微笑可以使大腦產生吃好多好多巧克力相同程度的刺激，所以多笑吧！

感染週遭星期一忙碌的工作夥伴，而且又甜又不會蛀牙。

21

不會有太多的選擇也許就是最好的選擇

在信義區遠東百貨八樓的 SONY 專櫃遇見一面 Walkman 牆，牆上依照著年代從左到右展示了好多 Walkman，有的放錄音帶、有的放 CD、有的放 MD，那瞬間勾起我九〇年代舟車勞頓的回憶。

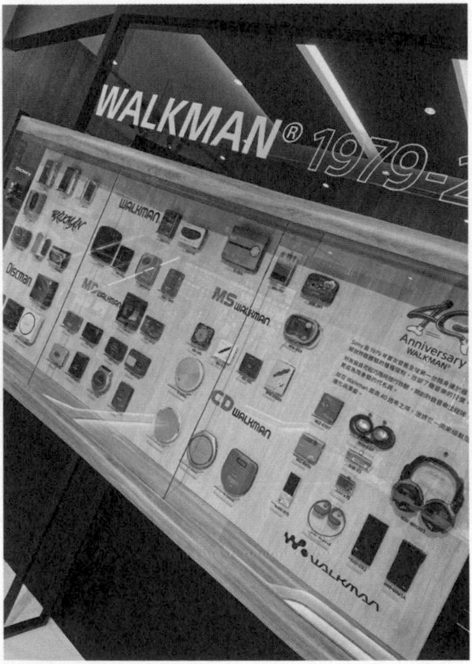

當時上下班騎著摩托車經過永福橋，然後從汀州路轉辛亥路再轉新生南路，遇到南京東路待轉等紅綠燈，遇到新生北路右轉然後遇見民族東路左轉，再遇到中山北路一直往前騎經過圓山，隨身聽裡放的都是喜歡的錄音帶：Gun and Roses、The doors、The Police、Sting、Pink Floyd、Metallica、AC/DC……這些音樂陪我風吹日曬雨淋從永和騎到士林。

當時聽音樂沒有太多的功能選擇，錄音帶A面最後一首播完，Walkman裡的自動換面功能可以直接換到B面第一首繼續往下播放。還有按下倒轉和快轉之後，可以在歌與歌中間的空檔停下來。

這些功能眞是太方便了！當時怎麼想像得到現在用手指滑一滑就可以聽到多得數不清的歌曲，就像在沒有光害的山上看夜景，天上的星星就像鹽巴一樣灑在深色的天空，你眼花撩亂選也選不完。

不會有太多的選擇也許就是最好的選擇。當時眞的不像現在這樣有這麼多的方便與美麗，但我很懷念那時候在移動的過程裡，就只專心聽著自己喜歡的那幾首歌，想像著自己在台上表演的樣子。

22

松鼠的尾巴真的很帥

阿玩這幾年都在搞影像的東西，因為有個MV要拍，要我充當一下街頭藝人，地點在陽明山的一個人行隧道裡。

通告是星期天的早上六點多，山上下著雨，麥當勞門口紅線前停著幾台車，六點半左右工作人員陸陸續續的到了，連穿著雨衣手拿紅單和數位相機的警察也來了，正在感嘆執法人員盡忠職守以及反省自己違規停車的瞬間，一夥人趕緊開了車往目的地駛去；連喝個豆漿和自我介紹的時間都沒有。星期天早上的陽明山確實有些消化不良，比較值得慶幸的是報紙上的頭條：「捷運之狼抓到了」，這種人如果判死刑根本就是便宜了牠；阿玩則是掛念那隻邊睡覺邊發抖的大黑狗。

我有點後悔那天沒把報紙蓋在他身上，如果他醒過來看到頭條應該會和我有一樣的想法。

不負責美術，也不搞收音，也沒有管十六釐米攝影機的某一位製片人員叫做「小馬」，我搞不清楚他現在負責的是什麼，是舊識，平常沒有連絡，每次遇到他都是在拍片現場，上次是在拍〈再見吧！惡魔〉的時候，再上一次是拍〈暈眩〉的時候，如果還要更早我推算是剛退伍時，我在製片公司工作的時候。我沒記錯的話他應該大我個兩歲，屬於那種很瞭拍片狀況的老兵，全身的細胞都是屬於立體影像的，而且沒有假日的概念。

我記得他有一個小孩，就順道問問他家裡的狀況，他開玩笑的說他女兒二十多歲了，整天往外跑，關也關不住，星期六日鐵定不在家，要不然就帶男朋友回家過夜，他氣得吃晚飯時把筷子都夾斷了。要不就是父女吵架，小馬火大了把門鎖起來，半夜又擔心女兒回來開不了門，結果一個晚上起床了好多次，門鎖了又開，開了又鎖。最氣的是擔心了一整夜，女兒根本沒回來；最後他根據這幾年他得到的結論，就是一個字「放」。整天東擔心西擔心眞的會得病，小朋友長大了就要學會「放手」，這兩個字確實一點都不輕鬆；天下父母心，每個年齡有每個階段的難處，暗地裡爲小馬加油也爲自己加油，但不知道爲什麼，心裡倒是忽然浮現要把網路線拆掉的想法。

因爲雨還沒停，先行拍攝室內的部分，製片說這個月租九千台幣的場地，非常適合閉關，據說周華健曾在這寫過歌。只是因爲下雨又潮溼的關係，天氣又冷實在沒有啥心情去想一些關於歌曲或是章節之類的問題，導演問我可不可以把這首歌的和弦抓一抓；我待在室內攝影機拍不到的死角邊聽CD邊抓歌，聽久了倒還覺得蠻好聽，而且和弦並沒那麼簡單，直覺是用鋼琴做出旋律的一首廣東歌曲，副歌唱著「下次、下次……」聽起來很像日文的「8（はち）」。

漂亮的香港女歌手，右手拇指的指甲上有個驚歎號，看我在抓和弦，笑笑的對我說我很努力，我也笑笑的跟她說歌很好聽；帥氣的男主角留著超短平頭，說我很面熟，曾在河岸看過表演，我指著阿玩說他也在那表演過；簡短的寒暄除了拉近了彼此的距離，冷冷的天氣也需要一些話來活絡一下氣氛。

我正覺得納悶大清早又冷又下雨的天氣還是有很多遊客來到陽明山，忽然好久不見的松鼠從樹上快速通過，嗯！松鼠的尾巴真的很帥，好像可以解決很多事情的樣子。

好不容易一行人拉到了擎天崗下的人行隧道，太陽慢慢的出來了，燈光師喊著：「日頭出來，就出運了啦！」拍片順利的進行著，登山客都想目睹女歌手的風采；導演沒有要求我太多，幸運地低空飛過，我的部分在一個半鐘頭的時間料理完畢，接下來是對嘴的部分。看著 moniter 裡的女歌手居然有些像孫燕姿；陪同的應該是一男一女的香港唱片經紀公司的人員，男生穿著那條牛仔褲顏色實在很好看，有彩度也有亮度，不確定香港的空氣是否比台北乾淨，也不確定牛仔褲

的品牌，看他很努力地拍DV，也就沒問他了。

接下來劇組往原先的地方回去了，留下導演、阿玩、製片、和收音人員以及我在隧道裡面，導演想要乾收一些歌曲哼哼唱唱的旋律，不要有字；要crazy，要有脫序的感覺。很想跟他介紹〈濁水溪〉，但氣氛不對，所以就彈了剛剛抓的和弦，面對著像松鼠尾巴般的SHOT GUN邊彈邊唱。在隧道內唱歌實在很舒服，迴音很大，不用費很大的力氣，不用顧慮咬字的話就覺得自己好像還蠻會唱歌的樣子。我覺得唱了好久，導演也沒要我停下來，松鼠尾巴加上隧道迴音的威力實在很棒，像羽毛被一樣舒服，或許改天眞的去地下道唱唱看。

導演和製片在現場聽完都說腦袋裡一直浮現畫面，這句話聽了眞是受用，沒有過分打擾到大家的耳朵就好，或許辛辛苦苦刻出來的文字還比不上一些有形或無形的符號。和大家道別後，回程的路上一直在想這個問題。

雖然一大早就起床直奔陽明山，但晚上還是去百事達租了三支DVD，麵包和菠蘿在店裡還是很大聲，店員都認識他們了，我們的臉皮也不知不覺的加厚。在看DVD之前，MTV台播了Korn的Unplugged[2]，沒話說，讓我靜靜地坐在沙發上看完，我對他們的歌不熟，但從樂器編制和樂手對歌的掌握度來看，確實很有一套，很好看很耐聽。

《穿著PRADA的惡魔》裡我猜場景應該是在紐約的中央公園，女主角向設計師抱怨自己的生活一團糟，設計師回她：「當妳工作順利要升遷的時候，妳的生活也差不多毀了。」看來感情和事業在電影裡一定要成反比才會有衝突、有可看性，應該沒有從頭到尾都幸福無比的電影吧？哈！也發現自己認識的牌子實在很少。

《令人討厭的松子的一生》聽說很多人看了都掉淚，片子進行到中段，中谷美紀在翻開過世爸爸的日記時，裡頭除了記錄日常瑣事以外，總在最後一行寫著「沒有松子的消息」，一行字框著父親生前對女兒的思念。片尾松子對著好朋友講說「被打總比一個人孤獨的過活好」，一些簡單的對白對照美術、道具、攝影、燈光所營造出來的氣氛，讓我覺得中谷美紀在走上天梯的時候總是還希望影片繼續演下去，很華麗、很悲哀、很緊湊、很好看的一部片子。裡頭一位應該也是導演中島哲也喜歡的作家——太宰治，我看過他一本小說《斜陽》，總覺得似乎日本人偏愛那種淒美淒涼的風格，孤孤單單坐在河邊卻又無計可施，除了一圈圈漣漪以外啥都看不見。

剩下一部《完美女人》還沒看。

以上是二〇〇七寫的一篇日記，現在看起來又提醒我了一些事情，原來很多曾經，你可以回頭看，但根本無法往回走。

---

2 Korn成立於一九九三年，來自美國加州的金屬音樂團體。

23

海參崴

在海參崴遇見了史上最面無表情的便利商店店員與韓式烤肉店裡最漂亮的女生Sofi，和看過「愛的魔幻」的表演之後，深深覺得微笑是很重要的一件事。應該是「愛的魔幻」他們的樂風與習慣吧，主唱Kumi幾乎是每首歌都笑著唱完，唱了很多首之前在CD聽過非常熟悉的歌曲，吉他手每唱一首就換一把吉他，託運的時候絕對要很有耐心。赫然發現鼓手是鼎鼎大名來自YMO[3]的高橋幸宏，看著他打鼓的樣子，心裡想著還有坂本龍一和細野晴臣沒有遇見過本人。

大概是這裡緯度太高，冬天太長，遠離音樂祭的範圍之後，路上行人的臉部活動逐漸轉弱，有時候走的太慢，戰鬥民族會輕巧地把你撥開然後繼續前進。走著走著也遇見了三個 teenage 的少女邊走邊大聲唱歌，對比之下發覺大人都失去了原本他們應該擁有的超能力。大概是經濟的不景氣、生活的壓力都把 smile 藏在很後面，其實這裡的夏天好舒服，難以想像冬天是冰天雪地的零下二十度，雖然難以親近但民風純樸，我想唯有音樂是點燃他們熱情的武器！

第一天晚上在酒吧裡表演之後，脫拉庫阿吉在路上被便衣盤查，便衣看了護照之後發現怎麼可能脫吉超過了二十一歲？！脫吉大為興奮說要把這個故事講超過二十一次，我想他應該沒講這麼多次，所以我幫他說了一次，應該是第十八次吧。

謝謝當地工讀生 Anna 和 Polina 的幫忙，還有所有在海參崴遇見的朋友們，小時候在地理課本上面看見的地名如今深入其境，也真心覺得音樂能夠把我們帶到任何地方。

表演之前的空擋大家一起走了好遠好久，經過廣場經過雕像經過了潛水艇，再穿越大橋底下之後沿著鐵軌往下走，角頭音樂老闆張四十三幫我和國璽的背影與小凡拍下了這張照片。

事隔多年再看到相片裡自己的背影，現在的我忽然很想跟當時的我說：「難得來到這麼遠的地方要更開心啊，要活在當下！」

3 黃種魔法大樂團（Yellow Magic Orchestra，簡稱 YMO），是日本音樂家坂本龍一、細野晴臣以及高橋幸宏所組建的電子合成樂團。

24 想念

想念就是你刮起的陣陣微風捲起了曲折的氣流，
不知道漂浮了多久然後輕輕的經過他身旁，
他可能有點預感也可能永遠也不會知道，
但那不具象無法形容的什麼是曾經和以後的你努力傳達的結果。

Part 2

小孩。

序曲

ZAKU

小時候都想要當鋼彈，長大以後被擊倒的次數多了才知道原來自己所扮演的角色是薩克，經常要一邊失敗然後假裝沒事一般地繼續前進。

1

笨笨的

去角頭開會之前在同事的座位之間閒晃，我很喜歡看大家在日常工作的桌上有意或無意放的任何有作用和無作用的東西，當月黑風高夜深人靜的時刻，就像《玩具總動員》那樣，他們會開始討論他們被主人呵護或是忽視的程度，開始高談闊論或是抱怨一直到早上有人來上班爲止。

在阿辰的書架上發現一本吳若權寫的《人生每件事，都是取捨的練習》，開頭寫的很好，很吸引我繼續往下看，當然是沒有時間看完，但前面幾行看似簡單，執行起來卻異常困難的文字就可以讓我想好一陣子，然後再多寫幾首歌。

每一次決定，每一次練習之後所得到的一些什麼，都可以更了解自己現在的樣子或是當下想要的到底是什麼？

但想著想著忽然覺得還是不要知道的那麼清楚好了，或許笨笨的看什麼都比較有趣，那麼「熟練」的話，眞的好沒意思喔！

2

搞不好長大之後會喜歡喔！

剛剛在中山站附近的建成公園跑步，繞著圈圈跑了三公里左右，看到籃球場有個小朋友在投籃，我一時手癢跑去跟他鬥牛，這小子還蠻會運球的，摸到球很開心，後來雨又下了起來，於是就跑去停車場的出入口避雨，雨下個不停，真是掃興，但水庫應該很開心。

他穿著我很喜歡的球員 D-Lillard 的球鞋，我跟他說我很喜歡這位NBA的球員，他刻意壓低他簽名球鞋的成本，想要讓每個喜愛籃球的孩子都買得起他的簽名鞋，但是我感覺他有聽沒到，哈哈。

在等待雨勢變小的時間裡我又開始市場調查。

我：你喜歡聽什麼音樂？

小六生：我姊聽什麼我就跟著聽。

我：有沒有聽過樂團的音樂？

小六生：五月天嗎？

我：對啊，大家都認識五月天，那有沒有聽過四分衛？

小六生：好像有點印象，還有那個什麼火車的……。

我：動力火車！

小六生：對對就是他們，但那是我媽喜歡的，我並不喜歡。

我：搞不好長大之後會喜歡喔？

跟小朋友聊天很有意思，只是偶而會有點冷汗冒出來，他們的想法很直接有趣，常常會有意想不到的效果。

話匣子一開，小朋友話就變多了，漫畫啊，卡通啊什麼都出現了。大部分他喜歡的我不熟，我喜歡的他沒有印象，後來他要回家之前說隔天全家要去東京旅遊啊，我跟他說東京鐵塔晚上好漂亮，如果有機會一定要上去看看夜景，雖然很觀光客，但眞的好漂亮！

3 假面騎士FAIZ

二〇〇五年十二月的一切，好像都是從菠蘿不由自主走上河岸的舞台開始，我因此深深了解，原來～冬天真的不是我的季節。

十二月十二號早上七點，原本四線道的路，調撥成三線道往北，我有些難想像，一大清早工作的人這麼多，塞車塞得一蹋糊塗；我坐在救護車駕駛座的右側，忽然發覺救護車的視野還蠻挑高，可以看得很遠；麵包超人又因爲發燒而全身有些發抖，躺在後方的病床上，麵包他媽媽和妹妹也陪著，還有一位醫療人員，我心裡還是很擔心年初的熱痙攣又再度復發。而且車太多了，喊再多借過好像都於事無補，只能把一切託付給看起來很年輕並戴著口罩的駕駛員；超車、逆向、左閃、右閃、抄近路，對我來說那時他是超人並且安全地抵達耕莘醫院。

當初沒有硬著頭皮自己開車而選擇一一九是正確的，而且我才知道在一一九的電話裡面自己的聲音是這麼慌張，恨不得眞的有翅膀。急診室的醫生說牙齒會顫抖是因爲胃寒而引起的，還要多注意零到六歲的幼童因爲發燒而引起的熱痙攣，雖然比起年初的狀況算是虛驚一場，但也夠人受的了。

人類在歷史上學到的教訓就是「人類不會從歷史上學到教訓」，並且一犯再犯，對麵包超人也是。

十二月十三號下班，媽交代我要去她家拿她在市場買的小孩保暖衣物，便宜、又有超人標誌的那

種，還有幫足部保暖的腳套。兩個小朋友穿著就開始跳舞，眞的想都想不到，麵包滑了一跤，額頭撞到沙發的鐵製椅腳（媽的！這個舊沙發因爲他們常常在上面跳的關係，已經有些變形，前陣子還特別去選了新的沙發，隔天就要換了），當場流了半邊臉的血，之後的狀況有些混亂，只不過一天多的時間，超人輪我當了。

地點同樣是耕莘醫院；麵包在病床上被棉被包起來，像一根過大的火柴棒，護士們七手八腳的壓住他防止他亂動，麵包則一直大喊要他們走開，還有什麼「你討厭」之類的，整個外科急診室都是他的哭聲！我心很疼的抱著菠蘿在外面，麵包超人的媽媽比較猛，親眼看著他被縫了六針，護士後來還說他力氣實在好大！我想也是，她的額頭都冒汗了！麵包唯一的收穫是百獸戰隊的貼紙。之後幾天複診、拆線的日期我有些搞混，總之十二月二十二號又去醫院了！

十二月二十二號也是下班，麵包看到柳丁太high了，一下子吃了太多，肚子不舒服，又去了醫院，在車上吐了兩次，麵包還責怪我開車太晃。「OK！現階段不舒服的人比皇帝大很多倍」，小心翼翼的遵守這個鐵則，於是我把氣出在馬路上，坑坑巴巴的，每個洞都被我用髒話填滿，當然只能在心裡講，麵包現在學的很快，不想讓他聽到。又過了兩天，情況並沒有好轉，但是之前說好二十四號是四分衛的尾牙，所以晚上依約去了「操場」，禮物是PSP和Tough背包，超感謝！

遇到全身台客裝的張震，胸口還畫了龍，說是剛從公司尾牙回來，每個人都要裝扮，想必是十分開心；也遇到張懸（不知道爲什麼每次看到張懸就想到WOODSTOCK[4]），一直邀我們去「女巫店」唱，關於木吉他我想還是要多練練，虎神也這麼覺得。我忽然想到以前在女巫店唱時，老闆娘問我爲什麼我每次唱歌要這麼用力？經過了這麼多年……ㄟ我想我沒有辦法變成歌星，這也是原因之一，哈哈哈！老是在鬼叫鬼叫也不是辦法。回程去媽家接麵包回家（皮的要先接回家），菠羅就住在外婆家；差不多凌晨四點，麵包發燒到四〇．二度，又上路了！又路過了被我用髒話填滿的坑洞們，媽的！好像又凹下去了，眞是欠罵。

又來到耕莘了，醫生問診之後，麵包躺在急診室的病床吊點滴，護士還認出是上次那個力氣很大的小男生，我心想在醫院很有名並不是一件好事。

為了避免舟車勞頓，還是鐵了心住院，其實我和麵包他媽身心都很疲累，直到聖誕夜那天下午倒是遇見了讓我難忘的事。

麵包的肚子好一陣、沒一陣的痛，我也腸胃炎過，腸胃在翻眞的很難過，但麵包卻又不肯一直待在病床上，吵著說要去櫃台的小水族箱看魚，這時護理長手提著音響從電梯口走出來，還播放著超大聲的日本卡通歌曲，我很累，也很煩，實在沒有耐吵的本錢，狠狠瞪了她一眼，後來看到的景象差點沒讓我眼淚掉下來……

緊接著在護理長後面的是兩個超人，是貨眞價實的假面騎士 FAIZ，就是東森幼幼台最近在電視轉播的日本超人卡通。原來聖誕夜當天，正義的假面騎士 FAIZ

特別在維護世界和平的百忙之中，抽空來地球爲生病的小朋友加油打氣，我感動莫名，大聲叫了「超人乀」，聲音甚至有些發抖，趕緊要麵包看，但他總是不領情，大概是身體不舒服，心情也不好吧！我有些喪氣，勸了好久都不爲所動，眞是可惜了……，雖然過幾天他有一直問 FAIZ 去哪兒了？也只能從照片裡去感受那氣氛了。

住院住了三天，醫院的相關位置都被我摸熟了，要打游擊戰我都可以從停車場到十樓病房畫路線圖，不過再熟也有一個限度就好，因爲連我都差一點就住院了。

十二月二十六號凌晨三點，我從十樓的病房自己坐電梯到一樓急診，自己都感覺莫名其妙，我想可能是被感染了，頭暈、噁心、胃不舒服，也吊了點滴，躺在急診室的病床上，隱隱約約聽到許多人進進出出的聲音，什麼法律程序、肺炎、超音波……很吵很吵。因爲上星期五已經請假了，點滴吊剩不到三分之一，身體狀況稍見好轉，一大清早還是趕去上班，管理員阿伯看到我嚇一跳，因爲我從沒這麼早到。在電腦前坐了一陣子，忽然手啊腳啊開始發麻，頭也痛了，實在是拗不過，硬著頭皮坐計程車回耕莘，又躺回病床打點滴，我開始有些擔心月底的表演了。之後電話連絡，麵包他媽推著麵包來急診室看我，我眞的有些不好意思，怎麼連爸爸自己都躺在床上吊點滴？眞是失敗！

冬天眞的不是我的季節，冬眠的熊啊、烏龜啊、狐狸啊、蛇啊、還有所有都在睡覺的動物趕快醒來吧，冬天趕快走吧！我任性的胡思亂想！

十二月二十七號出院那天，院方宣佈是被輪狀病毒感染，爲了防止交叉感染菠蘿甚至從外婆家住到奶奶家。在三十號那天，四分衛去南投羅娜國小表演終於才回到家。呼~驚滔駭浪的十二月，深深覺得什麼工作順利、什麼學業進步，什麼一切的一切都要建立在身體健康的基礎上，眞的，在病床上連放個屁都是幸福。

4 伍茲塔克音樂藝術節（Woodstock Music & Art Fair），一九六九年於紐約舉辦的大型音樂節。

4 零碎的時間

剛開始玩團的時候，我們在永和秀朗路底某公寓的頂樓練習，大夥湊了錢買二手的音響設備和鼓組，然後在太原路買了吸音棉自行ＤＩＹ打造簡陋的練團室。就這樣週末假日和工作之餘一直耗在那兒練習國外樂團的歌曲，

一開始大家都不想彈 Bass，所以有一段時間我是邊彈 Bass 邊唱歌，「槍與玫瑰」的 key 很高，大熱天又沒有空調的狀況之下我經常唱到暈眩。如果當初邊彈邊唱一直持續到現在，我想我應該是個還蠻稱職的 Bass 手。

之後練團室從永和搬到新店再搬到中和，慢慢地也開始寫自己的歌，也累積了很多錄在錄音帶的 Demo。就算團員來來去去的可以踢一場足球賽了，我們還

是這樣傻傻地每個禮拜固定時間練習。當時的心態總是把練團當作第一優先，工作很忙的時候還是先去練團之後再回公司加班。這樣「半工半練」的狀態持續了好長好長一段時間，但只要大夥把一首歌編到一個完整的程度，那樣的疲累都會煙消雲散。

後來在寫歌這方面稍微有了一些體會之後，我忽然認爲自己在思考歌曲的過程顯然不夠。就現實上來說，也許因爲工作，也許因爲吃喝玩樂，我沒有辦法花很多的時間在專注寫歌這方面，於是我自作聰明地開始構思自以爲是的計畫。

我的想法是運用公司的年假來爲自己創造空間與時間，從人事部那兒拿了假單和主管請了假，買好了新的筆記本，也把桌面整理乾淨了，爲木吉他換了新的鋼弦，透過窗簾從樹葉縫隙灑進來的光也預定好了。我可以清楚看見鉛筆與橡皮擦在桌面上形成的影子，深呼吸之後就開始期待未來幾天即將出現在白紙上的文字，如果當時有 Facebook 的話就會拍張照上傳，搭配一些準備要幹嘛幹嘛之類的話。

然後就這樣很愼重的邊彈著吉他一筆一畫慢慢地寫，但我不知道的是放假之後所產生的自由是非常巨大的。

對抗了院線片的誘惑卻抵擋不了朋友一起去唱KTV的召喚，躲過了親戚來訪的時刻卻還是一如往常去接女朋友下班。熱炒店啊、夜市、西門町、東區、唱片行、朋友家、朋友的朋友家……，我都在年假這段時間造訪過，其實我並沒有去到很遠的地方，所以我還是會回到桌上繼續我績效不彰的功課。

年假一放完，筆記本裡的筆跡從工整變成潦草，偶而幾頁密密麻麻的鬼畫符就當做未被採用的記錄；當時腦袋裡關於吃喝玩樂的部分遠遠超過思考這次計畫的成效，我並沒有想很多就這樣再度回到日常生活，只是背包裡多了一本比較新的筆記本。

慢慢地新的變成舊的，舊的就擺在床頭的書架，也不小心地累積了好幾本，和灌籃高手的漫畫擺在一起，偶而我會翻來看看，看著看著之前寫的筆跡和內容就會想到當時的場景、年月份、溫度……有時心裡會想：「哎呀！那時候寫的什麼鬼啊！」但是後來我也發現就算是「什麼鬼啊」，那也是歷程的一部分。

某次我在翻翻看看的過程裡面忽然有了一種領悟：原來當我或許在上下班途中，也許是走路或是搭乘交通工具，不管目的地爲何，只要是在移動的過程裡面，我經常會有很多的靈光乍現，這些剛生出來的文字和旋律往往在某個晚上經過整理之後會比較有成效，比起好端端地準備好了一段時間和環境所產生的想法活躍許多。原來對自己來說，創作是需要許多外在的刺激來配合。

這樣的感覺不會天天有，但也有可能一天好多個，所以收集所有「零碎的時間」來完成一首歌，後來變成我習慣的其中一種方式，這是急不得也慢不下來的旅程，我還有很強的欲望一直寫下去。

5 沒有頭緒的時候先亂畫

今年「桃園鐵玫瑰」新開發了兒童音樂營，復興鄉三民國小的二十多位小朋友分成四組，每組都有兩位隊輔老師帶領，兩天一夜的合宿課程包括詞曲創作成果發表、彩繪和傳統樂器拇指鼓、非洲鼓（Djembe）的認識與教學……，我和王追名義上是擔任大隊長，其實辛苦的是策劃活動的人員和隊輔老師們，要小朋友專心聽一件事情，確實很耗費心力，尤其是一群小朋友，因爲我發覺第二天見面的時候，隊輔老師的長相都不一樣了XD。

其實我也不知道該怎麼跟小朋友討論和講解關於寫歌這件事，難道我要說：「其實啊你們知道嗎？你們的創作來自於你的工作與生活與那些解決不了在你內心無比阿雜的事物，爲了讓情感宣泄有個出口，於是你開始寫字想音符或是想字寫音符，於是你一直寫不好，但是你卻一直有欲望要寫下去，寫到後來字跡潦草，連你都快看不出來字原本的樣子了……」，當時我當然沒有介紹那麼多所謂不成熟大人的思維，想說沒有頭緒的時候先亂畫好了，這招還蠻奏效的。

衣服上面有隻黑貓臉的小女生畫了一隻小熊，這隻小熊非常小的就站在紙張的最角落，讓我感覺Ａ４的尺寸好大好大。我問她爲什麼小熊要站在邊緣的左上角，小朋友們開始搶答說他害羞、他功課沒寫、他想出去玩、他想交朋友（關鍵字句出現），忽然有位小朋友用他很稚嫩的口氣說，他心情不好是因爲他爸爸喝酒打他媽媽，我說「不行啊～這太電影了」，我也搞不清楚關電影什麼事？只是想要假

裝沒事把場面盡速帶到一個稍微安心的境地，於是馬上轉移話題說：「那我們幫這隻小朋友多交幾個朋友吧！」就把他帶到白紙的中間，一直站在角落很不開心啊，於是在隊輔老師的幫忙之下就出現了〈一起交朋友〉這首短短的歌。

過了很久他們可能都會忘了當天的事，但我卻記得很清楚這首歌怎麼出現的，這次的經驗也讓我更認識關於畫面與文字的連結有多麼地密切。

在彩繪拇指鼓的時候，另外一位四升五的小朋友說她來音樂營很開心，因為她這個週末放假不用帶弟弟妹妹了，我說「哇～妳好懂事啊～好會幫爸爸媽媽的忙」，她說「因為媽媽整天都在工作沒有空啊，爸爸都在打電動」，我還是說「那妳要鼓勵爸爸多出去運動啊」，她又說「爸爸很胖懶得動」……。家家有本難念的經，小朋友都看在眼裡，他們或許不懂現在能夠看見的和聽到的，但是將來他們絕對會了解某些當時他們分不清楚是非對錯的人事物。

6

某年某月某日的床邊故事

麵包在阿公家遇到了一個清爽的木盒子，之前是裝餅乾的木盒子上面有一條龍的圖案，麵包的爸爸和麵包都想要這個木盒子，但在麵包媽媽的裁定之下，這個木盒子最後還是落到了麵包的床頭櫃，裡面裝滿了戰鬥陀螺。

麵包睡覺前很心滿意足的拍了木盒子三下，這三下正是啓動沈睡已久的龍和床邊故事的關鍵：

三更半夜有乾乾的閃電在山的另一邊忽隱忽現，從半開的窗簾可以看到剛過中秋的月亮，不是很圓的掛在黑黑的天空，那條龍偷偷地從木盒子上飛了起來，從平面變成立體，透個氣覺得相當順暢，很舒服，好久沒有這樣地飛了。

爲了感謝麵包這個小朋友，他想飛進麵包的腦袋裡幫他去除掉一些煩惱，小心翼翼地從左邊的鼻孔鑽進去，慢慢地飛，慢慢地飛過一片草原，草原上頭有一棵好大好大的樹，有好多動物都在那邊玩，天空還不時有花瓣飄落下來，就從半空中莫名其妙的出現。

兔子和鴕鳥組隊和松鼠踢足球，這時候的守門員是小龐和詹姆士，鴕鳥很會踢自由球，他每踢一次，球的弧線就漂亮的像香蕉一樣。破網之後，這道弧線就變成一條大大的香蕉，營養價値高，所有的動物都吃得好高興，鴕鳥也因爲這項自由球變香蕉的能力而受到所有動物的歡迎，連獅子和北極熊和蝙蝠和鯊魚都自嘆不如，龍也吃了一口，心想：「啊！原來……我來到麵包的夢境裡面了！」

麵包說：鱷魚勒？

菠蘿也附和：對啊，鱷魚勒？

我心裡OS：鱷什麼魚啊？

我沒理會繼續往下講……

就在大家興高采烈的吃著香蕉的時候，原本在從空中飄落的花瓣變成了黑壓壓的數字，像草書的阿拉伯數字像柏油和墨汁般死皮賴臉的掉落在草地上，把乾乾淨淨的草皮都弄髒了。數字越掉越多，越掉越快，大家像躲雨一樣，躲在大樹底下……。

麵包說：那鱷魚勒？

我心裡OS：又來了！

我還是沒理會……

但這場傾盆而下的數字實在太過猛烈，慢慢地草皮就被淹沒了，浸泡在不時波濤洶湧的墨汁裡，大家拚命地往樹上爬，原本白白亮亮的足球載浮載沉地往左邊飄走，不時撞到還沒完全融化的8和9，之後卡到國字「陸」的筆畫裡，但不久應該會越飄越遠，詹姆士想去追，但被小龐拉住，所有的動物都拚命地往樹上爬……。

麵包說：鱷魚啦！鱷魚啦！哎呦！（已經相當不耐煩）

我懶得OS了。

龍不用像他們拚命爬，他反而在這場數字雨裡面很快速的穿梭，想表現一下卓越的飛行能力，忽然在翻騰的墨汁裡看到一雙眼睛露出黑色的水面，他好奇地靠近一看，原來是條大鱷魚！

在他回過神之前，鱷魚衝出水面想要攻擊嚇了一跳的龍，龍顧不得淋雨的風險，往右一閃，身上已經沾到好多黑色的殘渣，也不回頭看了，一股腦兒地往大樹那飛。龍聽見坐在老虎鼻子上的蜻蜓說「蠻帥的嘛！」龍沒有理會，心裡帶著某種厭惡的黏稠感往高處飛去，看見前方一座大大的城堡……。

我說：之後勒，在城堡裡發生什麼事情，請聽下回分曉！

麵包說：哎呦！這麼短，每次都講這麼短！

我說：哪有很短？講這麼久了！

菠蘿好像睡著了。

我拗不過，再繼續！

動物們排成了幾個縱隊往城堡走去，龍飛過了他們的頭頂，身上還沒乾的黑色殘渣掉落在海豚和烏龜的背上，龍回過頭跟他們說聲「梭裡梭裡」，就飛進了城堡裡面。

哇！這座城堡是用餅乾拼裝而成！

裡面的桌子、椅子、地板、雕像、羅馬柱，都是用各種不同的餅乾組合而成，

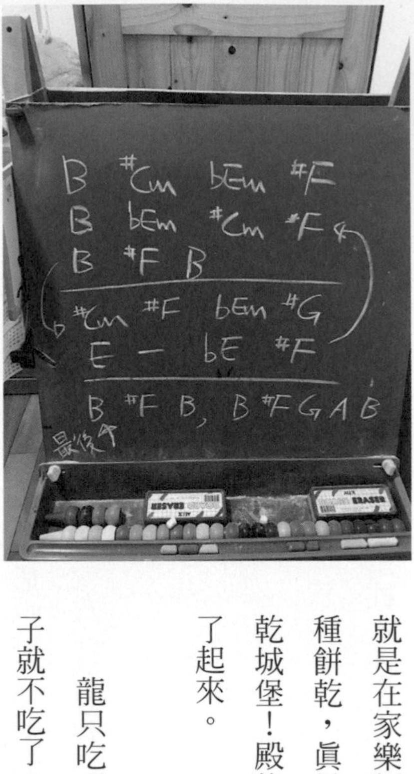

就是在家樂福和大潤發裡看到的那種餅乾，眞是太了不起了，這座餅乾城堡！殿後的灰熊把城堡的門關了起來。

龍只吃了一個有檸檬口味的桌子就不吃了，他忽然發現一個問題，要是大家都把餅乾吃掉那不就沒有城堡躲雨了？鱷魚就要殺進來了！龍想要大聲地喊，阻止大家繼續吃餅乾，但他的喉嚨被黑壓壓的數字殘渣卡到了，他沒有辦法發出聲音，他害怕再遇見鱷魚。

就在天花板都快要被吃完的時候，從城堡的另一個門逃了出去，咦~墨水不見了？草原不見了？大大的樹也不見了？眼前是一片微風徐徐沒有腳印的沙灘，沒有空罐頭、沒有木炭、沒有落單的拖鞋、沒有太陽傘，沒有超人、沒有怪物、沒有電影、沒有信用卡、沒有戰鬥陀螺、沒有……

麵包不耐的吭了一長聲。

反正什麼都沒有，就是左右無盡延伸的沙灘和前頭的大海，以及後面按照比例縮小的城堡，但城堡已經不是餅乾的質感了。龍也懶得飛了，坐在城堡的前面發呆，和剛剛躲雨躲鱷魚的刺激感相比，現在實在太悠閒了，就在龍有些自責沒有幫麵包去除煩惱的時候，眼前的沙灘窸窸窣窣地發出一些聲音……。

我有些睏，故事快要卡住了，該怎麼收尾讓這條龍再變成平面回到木盒子上？藉故往上鋪看看，麵包的眼睛還是張著看天花板，也和我對望一眼……

原來這些聲音是沙子在作怪，沙灘上自動的挖了好多條線，就像一個透明的調皮蛋，拿著木條在沙灘上亂畫，只是沒有透明的調皮蛋也沒有木條，沙灘自己就畫了起來，這又勾起了龍的好奇心，他往上飛想要看清楚整幅畫的全貌。線條繼續在動作著，按照想要的路線亂竄，龍覺得有些似曾相識，這圖好像在哪看過……？

倒是有些已經成形本來是圖案的長毛圈圈也飛了起來，這些圈圈速度太快，好像都約好了，全部都套在龍的身上，龍有些動彈不得，想要脫身卻飛不遠，圈圈越來越多，龍根本飛不動了，往下墜落。

龍嚇得大叫，這時候他發現了兩件事：其一是他的聲音恢復了，其二是他發現那幅有小朋友牽狗的畫是誰畫的了——是菠蘿畫的。就在這樣想的時候，他往下撞破了沙作成的城堡，雖然沒受什麼傷，但龍還是昏了。

龍醒來的時候，躺在鼻孔旁邊，是右邊的鼻孔。嗯，已經脫離了麵包的夢境了，好累啊，我該回去當個 Logo 了。

默默地和麵包道聲晚安，才發覺麵包的臉好像不大一樣，「啊！是菠蘿」，龍才恍然大悟。原來他從麵包左邊的鼻孔進去之後經過麵包的夢，再經過菠蘿的夢從菠蘿的右邊鼻孔飛出來。這實在太奇妙了，似乎只有微微的月光才能見證這一切。

龍又飛回了木盒上，趴下，期待改天誰又再拍個三下，但最好不要是明天或後天，他要好好休息一下。

故事講完了，麵包和菠蘿照例說著中英文的晚安（原來菠蘿這小子還沒睡）。啊！我忽然發覺每天小朋友睡覺前說的「晚安啊」，「古耐啊」，可以變成一首歌！

麵包最近不大愛玩了，這樣很好！

網路已經可以看到廣告了！

龍的造型在腦海裡面是以木須龍的造型呈現。

呼！

＊＊＊＊

夜色漸涼，眼皮好重啊
月光若有似無地灑在你數過的綿羊
夢裡遇見的花，細心地呵護她
明天見愛你估奈晚安

制服折好了嗎？問題解決了嗎？
明天見愛你估奈晚安

外頭埋伏著風花雪月

想要侵襲你長大的世界
我該認眞地對你說，最眞實的並不完美

小螢火蟲啊，把夢點亮啊
請不要再處處擔心我還不夠堅強啊
我會細細思量，生活裡的步伐
明天見愛你佑奈晚安

7 砰

在公車上遇到剛放學的姪女。

姪女：姑丈，你粉絲很少喔？

我：ㄜ……妳怎麼會這樣問？

姪女：因爲公車上都沒人認識你。

下了公車之後其實姪女又補了一槍，砰！

「整個社區好像也沒什麼人認識喔！」

#小朋友都看得到平常眼睛看不到的

#我想哭但是哭不出來

#nobodyknows

#領域不一樣

#認識的就認識不認識的還是不認識

8

我也不是故意的

小學五年級的時候鄰座的同學很喜歡捉弄人，某天在課堂上用刀片在我大腿劃上一刀，紅色的線浮現眼前，慢慢地變深並且往左右延伸，我看著出神，右手不自覺往他臉上揮去，並且慌張地把地板上的幾滴血用球鞋抹掉。前因後果已經記不太清楚了，我只是忽然想把小時候記憶中的一些片段寫成歌，我還真的寫了個七八成，歌名就先叫做〈抱歉啊，我也不是故意的〉吧！

寫著寫著就當做練習也當做熱身，自然而然想起了一些小學同學和每一屆的班導，想起的都是記得的名字和記憶裡面他們的樣子。

幼稚園的老師姓黃，升上小學之後一年級和二年級的老師也姓黃，當時我心裡想「原來當老師的一定要姓黃啊」，一直到升上三年級遇到的老師姓呂之後，才解決了我心中的疑問……這樣很莫名奇妙的困惑也忽然回想了起來。

就在這樣醞釀回憶的情緒裡，三天前某個已經好多年沒有想起，但一看見就記得的名字留訊息給我，於是我被拉進了一個群組，那裡面都是第二十五屆畢業的同學。看到偶而想起和好久沒有想起的同學的名字，真的覺得很不可思議；當時的我，當時的你，當時的誰誰誰怎麼想像得到還有機會可以透過網路而遇見彼此。

適逢四分衛的二十五週年，想一想小學畢

業那年是一九八二年，距離現在三十六年了，相比之下好像二十五年並不是那麼久了。

一九八二年的世界盃在西班牙舉行，也是第一次迷上足球，有時候我會依照每四年舉行一次的世界盃來回想當時正經歷的一些什麼。

9

於是我帶著她去結了帳然後趕著去看夕陽

醞釀了好一陣子，有年十月總算在八德路遇見了我的 i-Phone 7。當時新機入手愛不釋手，心裡想著首先要爲她買件新衣服，直走拐個左彎慢慢來到三創的二樓，眼前是一大堆閃閃發亮的殼。

有一個款式我非常非常的喜歡，那是一系列有各個城市地圖在上面作爲圖案的手機殼，我本來就是個地圖控，看到紐約、台北、芝加哥、布魯克林、東京、倫敦、巴黎的地圖在上面更是興奮得不得了，偏偏我喜歡的東京地圖只剩下 sample，我問小姐我可不可以把 sample 賣給我，她說「不行」！

很難得我興致勃勃地跑了台北車站和松菸和信義區的誠品，是的，連個鬼影子都看不到，於是我和我裸體的 i-Phone 7就這樣的相看兩不厭的度過一整天。

過了幾天我來到公館誠品，在架上我看到了夢寐以求的她，沒有什麼好猶豫的直接把她給買了，衝動的結果讓我在接下來的十分鐘馬上被沖了一頭冷水，牢靠的包裝在路邊拆了好久，我發現殼的 size 是 plus 的……

在新生南路人來人往的紅磚道上，我嘴巴微微張開著，兩眼看著路人行走匆忙，心裡想著整個公館大概只有我一個人爲著過大的手機殼在惆悵著。

後來在網路找到了有東京地圖的款式，大小也確定了，過了幾天來到超商取貨，有了點經驗這次包裝拆得比較快，手機套上去之後瞬間心曠神怡，原來這就是面對著微風在清爽的草原上奔跑的感覺。

在草原的盡頭是一處斷崖，站在上頭視野很好，眼前是一大片海洋，聽得見徐徐的海潮聲也看得見遠遠的渡輪緩緩地前進著，正在登高望遠感嘆大自然的美麗準備要拍照留念時，咦？鏡頭被遮住了一半，哎呀，這是新款的特殊效果嗎？

趕緊把散開的包裝再看了個仔細，原來這是給 i-Phone 6用的啊！

我的老天鵝！我的老天鵝飛啊飛啊，頭也不回地帶著嘲笑的歌聲飛過忽然乾枯了的草原，我望著牠飛走的背影想回頭走進超商買包核桃巧克力壓壓驚，咬著

咬著卻又食不知味，我想我的惆悵，版本瞬間 update 到了 2.0。

後來我在士林夜市買了有細菌人浮雕和有櫻木花道背影的手機殼，也用得還不錯就這樣和 i-Phone 7 相處了半年。期間我三不五時還是會注意關於地圖手機殼的動向，並且心情輕鬆的面對許多次無疾而終，我想我已經不是那麼在意了。

記得就在某天前往華山 Legacy 之前，應該是離集合時間還早，華山大草原上有好多人，小朋友追著泡泡跑，畫面在夕陽的照射下非常漂亮，我走著走著又來到三創，站在同樣的地點，同樣的專櫃亂走亂逛，心裡想著我不要再鬼遮眼了。

忽然，不會擋住鏡頭並且大小適中，背面有東京地圖的殼出現了！

孤零零地獨自一人和其他城市吊在併排的架子上，用手指輕輕地往晴空塔彈了兩下，當然沒有激昂的火花，但腦海閃動著電影《一代宗師》裡的那句話「這世間所有的相遇，都是久別重逢」。於是我帶著她去結了帳然後趕著去看夕陽。

我想很多看似徒勞的經驗，在當下都會覺得浪費了一些時間，但也就是因爲這樣子多繞了一大圈，才能深刻了解到所謂的心想事成是來自於念念不忘的結果。這樣的過程有時候很長有時候很短，有時候突如其來，有時候漫長地就像是病床上褪色的床單，你所有的付出並不代表一定能有什麼結果，你所有的淚水也不見得會在大雨滂沱下獲得救贖，但一定會在多走了幾趟冤枉路而在心中獲得了些什麼，時光也會在你的生理與心理刻畫出努力的痕跡。

我相信念力，也相信只要沒有惡意，全宇宙都會幫助你去接近你心裡所嚮往的美妙境界，你朝思暮想的人事物也都會在裡面出現。

10 雲霄飛車會讓心跳加快

上一次玩雲霄飛車是二〇〇二年八月在橫濱的櫻木町，我有懼高症也害怕過度的旋轉，坐在車廂裡還在緩緩上升之際，我就已經後悔和害怕的要命，接下來的一分鐘就聽天由命！

也是人生中少數幾次對心臟這個器官特別的有感覺，所以回到台北我把過程自以爲是地隨意地記錄下來。

把理性裝進保險箱防止他蠢蠢欲動

驚聲尖叫從國賓戲院搬來空中
排隊排了好久只爲了瞬間加速
兩分鐘之內離心力全開
雲霄飛車會讓心跳加快，雖然腦袋是一片空白
雲霄飛車會讓心跳加快，腎上腺素分泌了痛快
和地心引力說聲掰掰、和地心引力說聲掰掰
和地心引力說聲掰掰
我在空中找不到勇敢

我不用導演要求就會自動放大瞳孔
逃不開軌道盡頭安排的垂直降落
摩天巨輪從我後腦杓翻了跟斗
兩分鐘之內比觔斗雲還駭！
EJECT！（LET's JET）比觔斗雲還駭！

一下子十六年過去，我印象深刻的反而不是在雲霄飛車裡的驚慌失措，反倒是想起了當時一起出去玩的朋友，經過了這麼多年，不知道都正在忙些什麼？

有的失去了聯絡，有的偶而聯絡，相片雖然模糊，但腦海裡都還是你們年輕的樣子，時光無法倒流，同樣的人事物，同樣的地點和心情，一輩子老天爺就安排那麼一次，希望當時的我們到現在都平安也都很努力地生活。

11

長大以後就知道了

巴士後座的大哥哥正很渾然忘我地哼著歌，那是一首大家都耳熟能詳的歌，我問媽媽：「他為什麼要唱這麼大聲？他不害羞嗎？？」媽媽跟我說：「他應該是有心事吧？」

我又問媽媽：「什麼是心事？？」媽媽再跟我說：「等你長大以後就會知道了。」當時的我當然搞不清楚什麼叫做「長大以後就知道了」。

一直經過好多年，我也有了好多心事，這些藏在心裡的事沒什麼了不起，但聚沙成塔似乎也成就某些氣候了，有事沒事地讓我隱性地難過，像潛水艇不想浮出水面，也有些狀況會讓我不肯服輸，但後來時間會證明終究注定要失敗的。

這些累積多年，媽媽說我長大以後就會知道的許多心事，成爲我變成不完全成熟的大人所要經歷的很大一部分，一直到現在，我還是不敢在我千頭萬緒想破頭也沒有用的時候，在任何一個地方用旁人都聽得見的音量，隨性地唱任何一首歌。

還好我有一個可以互相吐槽的搖滾樂隊，還好我還是好喜歡唱歌，還好我一直覺得如果我寫不出來就他媽的去死吧！還好有人提醒我不夠愛你們……我眞的不夠愛你們嗎？

於是我想起那位在巴士唱歌現在應該六十出頭的大哥哥，他唱的那首歌叫做〈恰似你的溫柔〉，後來我陸續在唱片、錄音帶、廣播和電視裡聽過，也聽過年輕時的媽媽和舅舅唱過。這首歌在我當兵剛練木吉他的時候我甚至不是很想練，只不過因爲它只有四個和弦。

媽媽跟我說等你長大以後就會知道了，後來，經過了好久，直到某年某月的某一天，我也眞的體會到了難以開口道再見，就讓一切走遠的感覺。

12

長頸鹿遇到了一顆蘋果樹

喜歡白酒蛤蜊義大利麵的長頸鹿遇到了一顆蘋果樹，他想告訴駱駝這個好消息，但是駱駝爲了趕早場電影而出門了，就在等待的這段時間，他發覺背景什麼東西都沒有，正準備要發二次元脾氣的時候，一個不注意，整個世界就被折了起來，放進菠蘿的口袋裡了。

PS小朋友的畫比較不會讓我召喚巴哈姆特。

看了看日期發現一轉眼就七年了，記得這是在台北車站微風廣場二樓等待拉麵的時候，菠蘿拿著餐巾紙亂畫的，然後我看著圖就胡亂謅了一個故事，當時手機還沒有3G，所以初次在店裡搜尋到WIFI而興奮不已。註解爲何會出現巴哈姆特？可能是有某件不爽的事想要召喚噴火龍，但至於是什麼事情我倒是想不起來了。

圖：菠蘿　文：菠蘿她爸

13 真想去旅行啊！

我看著主人趴在桌上流淚，哭得很慘，又不敢發出太大的聲音，幾滴眼淚在桌上排列成美好的形狀，等著被月光蒸發；後頭的窗戶開了一個小縫，聽得見風吹動樹葉的聲音，沙沙沙的，成不了固定的拍子，晃呀晃的，極具催眠的作用，聽起來很舒服。

檯燈下被昏黃燈光籠罩的那把梳子，勾住了幾根頭髮，躲在鬧鐘的後面，似乎也在靜靜地聆聽著哭聲；這時主人放下了眼鏡，從口袋拿出了一點零錢，光看著這些動作，也可以感覺到鼻子紅的誇張，三個十元銅板就壓在兩張不知是爲了

什麼作用的票根上，有撕裂的痕跡；鏡片上溼潤的程度難以想像，忽然門外發出不知誰上樓的腳步聲，主人慌張地打開抽屜，把零錢票根眼鏡都丟進了抽屜，桌面用袖子刷了一遍，遵守小心翼翼不發出聲響的原則，鑽入了棉被裡，側躺著臉朝著牆壁；我看著門邊露出了一個縫，門縫裡透露著皺巴巴的目光，沒多久又合上了。

主人維持著之前的姿勢，棉被有一點兒起伏，我想他眼睛應該還是張開的。於是我和主人一起聽著窗外葉子和地板摩擦的聲音，然後被風吹起來盪了幾圈又掉落的聲音，以及下樓梯的腳步聲越來越遠。

抽屜裡的眼鏡一直跟我抱怨主人還沒把她擦乾，就隨手一丟把她和零錢跌落在一起，零錢這幾個小子嘰哩呱啦的問白天發生的事，她快被煩死了！

我想也許明後天零錢這幾個小子，又各奔東西了，可以在便利商店或是加油站的收銀機裡講個沒完。哎！眞想去旅行啊！！！

14

周星馳的電影

在上海，只要走進小小的巷弄，都會讓我想到周星馳的電影《功夫》裡的場景。

靠近地鐵十號線的老西門站附近，路過翁家弄裡年代久遠的雜貨店，我好奇的往半開的玻璃窗裡頭望了一望，小小暗暗的空間裡，散落了分不清是商品還是家具的物品，還有牆上瓶瓶罐罐的剪影。

忽然出現一位拿著玩具槍的小姑娘，從貼有春聯的側門很快地走出來，我往前一閃，發現她的焦距並沒有對準我，而是看著對門的小朋友。

我不知道她的腦袋瓜在想些什麼，只是感覺她的馬尾一動也不動，還有背影有些氣沖沖的。

15

Amani Nakupenda

四分衛受邀參加紀念黃家駒二十五週年演唱會，六月十號要在工人體育館唱兩首Beyond的歌曲，由於是粵語，所以我一直聽歌一直練，但總是覺得怪怪的。

今天「Night Keepers守夜人」的旭章有位香港朋友來台北，他剛好是香港獨立樂團22Cats的吉他手，我們約在女巫店碰面，我們一邊吃飯、一邊聊天，一邊學著唱〈我是憤怒〉。前方教練樂團的傑利正在彩排，應該吵不到他吧？

小姑姑在我很小的時候就嫁去香港，記得應該是九〇年代初期，某幾個日子姑姑帶著表弟來台北玩，但是表弟個性很內向害羞，總是和我玩不起來。到了要回香港的前一天晚上，表弟忽然送了我幾卷錄音帶，說這是他很喜歡的香港樂隊唱的，印象裡那應該是我第一次聽到 Beyond 的名字，當時一聽就喜歡上的是 Amani 這首歌。表弟跟我介紹說，這是家駒去非洲旅行之後寫的一首歌，Amani 是和平，Nakupenda 是愛，我問姑姑怎麼弟弟話變這麼多，姑姑說大概要回去了所以捨不得啊！

16

哇嗚！是鯨魚啊！

就算做了無數次的練習，但要獨自一個人揹把吉他在眾目睽睽之下演唱一首歌曲，是需要很大的勇氣啊！除了心臟要很大顆以外，也要有站在台上就不能猶豫、再往後退一步就是懸崖的危機感。就算是緊張到天空就要塌下來，也要看起來像鯨魚一樣，悠閒地在海面上噴水，然後聽見遊艇上「哇嗚！是鯨魚啊！」眾人的呼喊聲，於是頭也不回很帥地再潛入海底，留下沒有光害滿布星斗的夜空獨自閃爍，在沒有氧氣的陪伴下，默默地聽見自己心跳噗通噗通的聲音。

這個星期一與江得勝老師和陳建瑋老師來到高雄大學擔任第十七屆大吉盃獨唱組的評審，有幾位同學的唱腔和吉他彈奏技巧真的很了不得，平常累積的練習所產生的 grooving 在舞台上開花結果！
印象深刻的是來自南開科技大學的柯同學很勇敢地演唱〈Tears in Heaven〉。

17

哇~噠噠噠噠噠噠噠噠噠噠噠

今天早上去體驗了三十分鐘的核磁共振，之前已經作過心理準備了，也戴起了護士貼心準備好的耳塞，但機器運轉的聲音還是好吵。我閉著眼睛數著不知道在急什麼的拍子，有一陣子還聽到兩種不同規律的節奏同時啓動而產生合音的效果，就在動彈不得的時間裡想像著聲音的形狀。

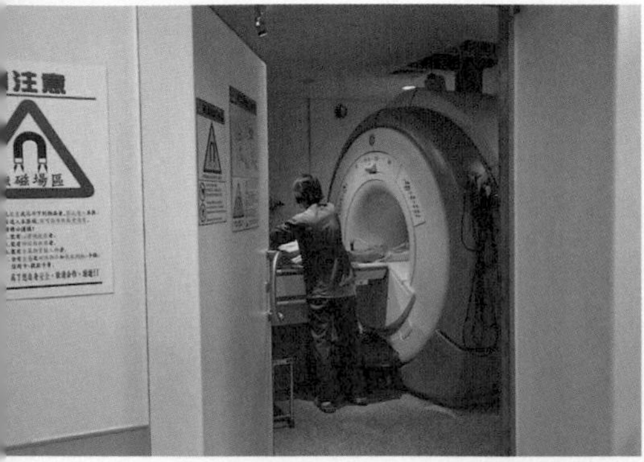

想著想著就想起北斗之拳健四郎戰鬥的場景，不管是柔破斬還是百裂拳幾乎都是「哇~噠噠噠噠噠噠噠噠噠噠噠……」，之後帥氣的對還莫名其妙

的敵人說「你已經死了」……。也想起了當時一起在電視前看錄影帶的朋友。

高中的時候和幾位同學每逢週末下午就窩在宿舍裡，聽從西門町或光華商場買來的 Pink floyd[5]、the Doors[6]、Led Zeppelin[7]……的錄音帶。當時對樂團沒有什麼概念，就覺得一起聽歌一起聊天很開心。忽然某位同學從書包拿出了一卷空白錄音帶，他說裡面收錄的是學長們組的樂團唱的歌，按下播放鍵之後，音響出現了北斗之拳的主題曲〈TOUGH BOY〉，我記不得他們還翻唱了哪些歌曲，唯一印象深刻的是穿插在一堆西洋搖滾裡忽然蹦出來的卡通歌曲。

過了好多年，畢業退伍之後我和這位同學陸續有聯絡，他很感性圖也畫得好，後來飛去了紐約。記得某天我在下了捷運趕往公司加班的路上跟他通越洋電話（那時候四分衛應該超過十年了吧？），不知道聊到了什麼事情，忽然他說很想唱歌給我聽，我愣了一下就還是靜靜地把手機貼緊耳朵，聽他清唱完整首羅大佑的〈將進酒〉，現在想起來總覺得當時他一個人在紐約闖蕩，三更半夜的應該還是會感到寂寞吧？

5 一九六五年於倫敦成立的英國搖滾樂團。
6 一九六五年於洛杉磯成立的美國搖滾樂團。
7 英國的硬式搖滾／重金屬樂團，一九六八年成立於英國倫敦。

18 將來想做些什麼？

這是我國中時候的房間，大概是一九八三年吧，我想不起來當時在桌上寫了什麼功課？也想不起來當時抽屜裡藏了什麼寶物？右邊牆上貼的海報是 Sheena Easton[8] 和 Phoebe Cates，都是從大新街和永和路口的地攤買來的。那是我開始瘋狂聽 Billboard 的年代，一放學就守在收音機旁聽余光的青春之歌，還把節目內容用錄音帶錄下來，其實在錄廣播節目是不會收錄到外界的聲音的，但當時在錄的同時我躡手躡腳小心翼翼不敢發出一點聲響，妹妹來叫我還被我罵，現在想起來眞是笨蛋！

後來也常常和同學走去樂華夜市買錄音帶，某個夏天的晚上，我照例和同學從大新街往夜市走去，我記得那位同學姓朱，他問我將來想做些什麼？我的回答是職棒選手和搖滾樂團。

8 席娜・伊斯頓，八十年代英國女歌手。

19 外公外婆

小時候我的七〇年代，外公外婆在日本新大久保的會館民宿工作，大約每三個月回來一次我都很期待，因為行李箱都會有棒球手套或是多啦A夢的玩具出現，後來在九〇年代初期可能是民宿告一段落，外公外婆回到台北之後就再也沒有回去日本。之後我每次到東京旅行都會到新大久保拍些照片和影片給他們看看，我想他們應該很懷念當時在東京的日子。

現在的我差不多是外婆當時在東京打拚的年紀，當時他們遇見了誰？發生了什麼有趣或好玩的事？在工作生活上遇到了什麼困難？我忽然好感興趣。

20 阿北下次唱歌給妳聽

今天坐著紅線來到之前公司同事的店吃飯，因爲我來得早所以店內只有一桌一家子爸爸媽媽帶著女兒在吃飯，我吃了湯頭很棒的椰子雞火鍋再吃了每次來都吃的臘味煲飯，眞的有些吃太多了。天氣很冷喝了湯身體比較暖和了，話也變多了聲音也大了一點，話題大部分圍繞在之前同事們的狀況然後一直聊到最近的疫情，也討論東京奧運是否會延期或停辦？最近的新聞總讓人覺得不太妙……。

後來旁邊的一家子吃飽站了起來準備去結帳，當時我也剛好吃飽站起來活動一下，小女孩的媽媽忽然轉頭問我能不能一起拍照？當時我瞬間念頭心想我剛剛沒有講些有的沒的吧？小女孩的爸爸說他聽四分衛二十年了，從高中就開始聽了！小朋友一開始很害羞，後來我就演透明的牆壁逗她笑，她後來也對我笑，我就跟她說：「阿北下次唱歌給妳聽！」

後來雨停了，我看著他們一起回家的背影，心想小朋友這麼可愛，最近這世界這麼焦慮怎麼辦？在這樣艱難的過程裡面除了多洗手多運動增強免疫力，我們還能多做些什麼？老天保佑，希望再過不久疫情就能告一段落。

21 阿姨把妹妹打開

最近每到半夜老大的哭聲總是特別明顯
不知怎麼搞得似乎無法睡得安穩
我的眼眶裡布滿血絲
連帶黑眼圈也向熊貓借了過來
掛在臉上的是一幅提心吊膽的自畫像
晚上三點照例被哭聲吵醒
先生還在公司加班
天亮時應該就快回來了
我想著先生會帶回來的燒餅油條和豆漿

打起精神拍拍寶貝的小臉頰
從出生的那一剎那
這惹人憐愛的小搗蛋
就帶著熊貓俱樂部的會員卡一併送了給我
連拒絕的機會都沒有

在半夢半醒的天花板底下
忽然哭聲停止
我看著他把頭撇向左邊
眼睛盯著旁邊娃娃床的妹妹
朦朧地從嘴巴冒出了一句：「阿姨把妹妹打開！」
一陣涼意從背脊涼到頭頂
我放慢拍著小小胸脯的右手
用左手撐著床沿

等哥哥又被睡意緊緊地纏繞住
我抬起頭看著微微的風吹拂著窗簾
窗外看得見星星的樣子
預告明天是個晴朗的好天氣
左邊的妹妹安穩地睡著
胸口上的維尼熊似乎也笑著睡著了
不過我也有點醒了

我從廚房倒了一杯紅酒
打開音響放低音量隨機播放的歌
我想聽〈Wild Horse〉，但 CD Player 播放的是〈Ruby Tuesday〉
讓整個客廳充滿酒紅色的氣氛
但十分不適合失眠的我
幸運的是一切都很寧靜
聽得到打呼的聲音

あうるすぽっと
OWL SPOT

忽然巷子口傳來不到最後關頭絕不放棄的紅色身影
在馬路上發出緊告訊號的消防車呼嘯而過
狠狠地讓半夜三點半的黑夜紅得膽顫心驚
我合起了雙手想像血液正在快速運轉
在 Mick Jagger 唱到
「Goodbye Ruby Tuesday Who Could hang a Name on You」的時候
我渴望我的祈禱能被上帝聽到
我祈禱我的寶貝能夠睡得安穩
也祈禱消防車順利到達目的地
一切都能平安無事

22

一九八二

照片裡的年代是一九八二年的夏天，地點在永和市福和路二四五巷裡面，那時候第一次注意到世界盃的我開始喜歡上足球，當年舉辦的地點是西班牙，而最後贏得冠軍的是義大利。

在我後面的是從小一起長大的朋友，小我兩歲，媽說他小時候在家裡的客廳，褲子也沒脫就直接尿了一地，他這幾年他在上海、天津、北京、台北飛來飛去，這幾天回台北原本想做個身體檢查，和醫生討論之後決定即刻動手術加裝支架，所以星期六我們幾個在二四五巷一起長大的朋友聚會地點就變成了榮總。

從石牌站往榮總走過去，我回想起了這麼多年以來每張不同病床上的光景，想起了那些曾經在生命裡面一起在某段時間度過的長輩與朋友，走著走著發現 UBike 的停靠點一台腳踏車都沒有，但還是摸了摸左邊口袋裡的悠遊卡，說實在的我真不想往醫院走去。

他說已經裝了五支支架，星期一還要裝三支，看起來精神還不錯，所以我們一路從八樓聊到了一樓的餐廳，隨著時間讓人生有些不同的變動與轉折，現在一起聊天的話題和以前會討論的眞是大不相同，這麼多年以來，我們都知道必須在人情世故裡面扮演好自己的角色，卻也無趣到忘記原本當初單純簡單的樣子。

之後另兩位來探病的朋友要提早回去，他們各自要去不同醫院的加護病房與急診室去探望與照顧各自的母親，頓時心情又變得憂鬱了一些，回程時我騎著UBike往市區前進，腦袋裡想到小時候一起到福和橋底下烤地瓜的情景。

23 月光假面

小時候父親都說他的摩托車是跟「月光假面[9]」借來的，他經常載著媽媽和我和妹妹到處跑來跑去，妹妹永遠被夾在中間，而哥哥就是霸占著氣缸的位置，當時只要是和月光假面沾上邊的任何事情，我都覺得很神氣。

一直到我比較長大了只要想起月光假面的摩托車還是覺得很神奇。父親在很年輕的時候因爲工作而失去左手，所以他的摩托車離合器要安裝在龍頭的右邊和右手的油門必須同時動作，而左邊就用義手靠在把手上。當摩托車在前進的時靠虎口和拇指的力氣來做旋轉，和另外四根指頭來收放離合器，再加上右腳踩換檔的時機，現在想起來覺得實在不可思議。這是當時坐在氣缸上享受速度感的我所想不到的事。

爸爸只用一隻右手過了大半輩子，其實有很多不方便是我們難以想像的，在這樣漫長的過程裡從不懂到理解，只要回味起曾經做對的還有做錯的，終究還是一切感謝。

9月光假面是一九五八年日本第一部超級英雄電視劇和標題同名的英雄。

24 阿柴

昨晚在Z頻道看到了不知道是幾年前，小橋健太與力皇猛10在札幌的比賽，小橋狠狠地使出超多發的逆水平劈擊，力皇猛硬是用紅通通的胸膛承受了下來，比賽末盤，在力皇猛發動了幾次大絕招「無雙」，三秒鐘壓制了小橋，最後畫面停在小橋拿起了GHC的腰帶繫在力皇猛的身上，我覺得他是擁有超強逆水平劈擊以及絕佳風度的人。

精采的比賽和好看的電影一樣，能暫時忘掉工作時的烏煙瘴氣。

那一年三月份的工作異於平常，就像十字路口沒有紅綠燈，卻硬要走過斑馬線，但爲何斑馬線又長的令人想捶牆，而且偏偏牆又在斑馬線的後面，捶也捶不到，假如我是《海賊王》的魯夫或是《驚奇四超人》裡的隊長，可以盡情地伸展，那麼或許事情會簡單點，哈！一切都是空想，怪物來了還是得砍，先把刀子磨利，或是把波動炮的電充到飽再說，休息時間就看看 SOFT BANK 廣告裡那隻可愛的阿柴，不知道爲什麼看到他就很開心！

某天黃昏時刻從新大久保往高田馬場走去，在巷道內裡迷失了方向，一轉頭遇見一隻阿柴從二樓陽台牆壁的洞口蹦出來，他看著我的鏡頭，我的鏡頭也看著他，他應該很想跑出去玩，無奈家裡大人小孩都不在，只好探頭探腦的逗逗沿路經過的行人。

我的手機相簿裡有很多因爲迷了路而亂拍的相片，並非特別有意義但就是捨不得刪，那

都是旅遊期間的片段風景，提醒我當時在鏡頭外面的時光多麼地愜意。

---

10 兩人爲日本男子職業摔角選手，已引退。

Part 3

歌詞、電影，與人生。

序曲

好的電影好的結局太難

為了不讓妳分辨我的表情
所以我使勁地把自己反過來
甘願墜入面紅耳赤的窘境也要練習倒立
螢幕是反的月曆是反的
桌上的鉛筆和幾張白紙和啃掉一半的蘋果也黏在反過來的書桌上
縱使硬要把這個世界給反過來
縱使能夠擠出在接近忍耐的極限邊緣勉強承受暈眩的力量
無論我做了多大的努力我都逃不了現在這個老天爺苦心安排或無心插柳的時刻
我甚至不能從自己的身體裡抽離出來在半空中嘲笑自己倒立的樣子
當然這種事倍功半的舉動依然得不到妳的青睞

照片裡的妳依舊反過來笑著
在二月的公園裡有溫暖的陽光散布的大樹旁
慢慢地相片裡的妳的嘴巴慢條斯理
像點滴般一點一滴地露出苦笑的形狀
眼睛的視線像施捨路燈下的乞丐一般從遠到近從模糊到清晰
我有種溫暖卻又刺痛的心情在雀躍著
那是離別的前兆是汽笛聲在清晨響起的時刻
煙霧瀰漫卻又充斥著難以回答或來不及說出的千言萬語
所有的一切都會變成問號
看著妳坐著即將遠渡重洋的輪船無止境地越來越遠
而我已不是妳輪船底下老舊又生鏽的錨
在靠岸的時候狠狠地沈入海底
讓流浪千里的貝殼依附在上面

暫時還不想關掉想像的空間
辛苦地把焦距調整到左邊的書架
妳隨手放在書架上第三層的汽水瓶裡的氣泡不斷往下掉
瓶身外頭上的水滴就像隻蝸牛往上爬
那用盡全力的樣子不過是這房間裡正在上演的某一部劇本
向上爬的水滴比我幸運的是不久會被空氣蒸發
回歸到某個正常運轉的循環裡面
變成了空氣之後或許又變成了雨
從更高更廣的另一個地方降落下來
滴落在某個不會寂寞的玫瑰花瓣或是有布布的漫畫上面
再一次被吸收或蒸發再一次期待新的旅程

失落的情緒被水滴帶走了一些
半開的抽屜卻又提醒了我仍然困在房間的邊緣嘗試以倒立的姿態逃離一切

調整好思緒站了起來
臉色蒼白頭昏眼花好一陣子
趁著地心引力將我的身體拉直
小心翼翼地把星星和花朵收集了起來
釘在甲蟲標本的旁邊

於是某一股愉悅的氣氛從我背後出現
感覺環球片廠的燈光師和攝影師就在身邊
而導演和製片不知道在討論什麼似的
記得那是妳的微笑裡頭藏住了的狄士尼樂園
把所有的憂愁和煩惱都丟進了隧道
然後我們把所有的設備從頭到尾的玩了一遍
當然除了要挑戰高度和頭會暈的例外
等到晚上城堡施放了煙火

愛莉絲帶頭的遊行隊伍在震耳欲聾的音樂聲輕輕鬆鬆的魚貫而出
煙花燦爛閃耀著所有大聲唱歌的人們
所有的影子快速交疊在一起又分離
熱鬧的感覺就像從好多年前一直延續到現在
但我卻聽不到聲音
彷彿某種透明的果凍把聲音藏了起來
或許就在我的腳底下
直到紅心A脫隊之後
拉著我的右手指著煙火在空中排列出的字眼
我才聽到大家唱的那首歌在半空中被煙火閃亮著光芒
好的電影好的結局
太難

好的電影不一定有好的結局
於是我再一次倒立
告別紅心A暖呼呼的左手和所有把煩惱踩在腳下的身影
票根和零錢掉了一地
冷颼颼的地板再也沒有煙火的痕跡
手機掛在反過來的下巴上
沒有未接來電顯示的螢幕出現了下午五點二十分
一個人一天中血糖最低的時候
有人準備在下班之後直接去跑步機報到
有人晚上要去牙科做根管治療
有人不想去補習班正在煩惱該用什麼理由
更有人會準備在爆滿的電影院宣示他對另一半的愛
還有人因為懼高症而打消了從二十樓一躍而下的念頭
除了我莫名其妙硬生生的倒立

我想這個世界的每一個人
都在為他所面臨的狀況做出反應

穿過花朵和星星的縫隙裡
我又遇見妳的背影
消失在街頭的轉角處
旁邊孤伶伶的電線杆貼著被撕掉一半的尋人啓事
而底下那一片突兀的層次是公狗撒尿的痕跡

在想像力消失殆盡之前
在一望無際的草原上
或許我們都再一次和自由手牽手
發揮冒險家的精神向下一秒前進
我深深地吸了一口氣然後再吐出來

無法想像有那麼寒冷的氣體藏在我體內
在發抖的雙腳底下
曾經晴朗鮮青的小草都結冰了
之後一直擴散到無窮無盡視線所及的遠方
我回頭想說些什麼卻連說再見的對象都沒有
我有想哭的衝動卻不敢
因為我怕眼淚在眼眶裡結冰的感覺
我怕痛
還好太陽就快要升起來了
就在意識也慢慢模糊之際
不知不覺地睡著
或許經過了許多夢但一個也不記得
醒來的時候已經沒有草的味道

地板有老舊窗框的影子
亮部與暗部切成了四塊
我看著指甲裡的汙垢
心想是不是坐在草原晒太陽的時候勾到的
我已經記不得了
打開冰箱喝了一口牛奶暫時得到一點點冷靜
耳朵還殘留妳離去時腳步聲的錯覺
和鑰匙在皮包裡晃動的聲響
習慣真是個難以擺脫的東西
日常生活長久下來的氣味與聲響
很頑固的貼在耳壁上像史前時代的壁畫
探險家在我的耳朵裡尋找古文明的遺跡
點上火把仔細地觀察圖騰的模樣
我故作輕鬆狀頑皮地在腦海裡虛構了一個人物

就在這時候電話響起來
探險家熄滅了火把
提前進入夢鄉和睡袋裡
而我也應該準備去洗把臉了

1 我的開場白非常生澀無聊

二〇一三年十二月二十六日對我來說，是很冷很乾的晚上，當年在動能唱片公司爲四分衛發行 deep blue 的老闆，帶我們來到北京的 Westin 酒店，同行的還有當時的 bass 手阿辰。

Lobby 旁邊的 bar 昏昏暗暗的，絕對禁止日光燈的出現，站在鋼琴旁邊來自海南島的女性歌手正在唱著〈Saving all my Love for You〉，唱得眞的非常好，如果我是評審一定給她高分。此時的氣氛搭配西班牙的紅酒，一切的體驗對鄉巴佬來說都非常新鮮與放鬆。我心裡在想可以點歌嗎？腦海浮出的兩首歌曲是〈Feelings〉和〈Smoke get in your eyes〉。

後來我去了趟洗手間順便洗把臉，正要往原來的方向走回去的時候，看到掛在牆上大大的字畫，不知不覺我站著看了好久好久，「I LOVE YOU」幾個單字搭配不同的筆觸和顏色貼在泛黃的畫布上。

忽然身體熱熱的，但我並沒有脫下外套，忽然寂寞帶我來到一個沒有人物、沒有風景，沒有煩啊、沒有配樂、沒有衛星、沒有遠近的層次，卻擁有寧靜的地方。那個地方不管未來還有多久？也不管之後還有多少次的相聚與分離？心裡想著，此時此刻這就是摻雜著許多色彩讓眉毛上揚的感覺，因爲在這世界上有許多歌曲就是用這幾個單字命名，而我很幸運地成爲其中之一，我好高興。

拍照留念之後回到座位上，遠遠就看到虎神揹著 Gibson 空心吉他，奥迪彈著和他不熟悉的貝斯，那位老早就已經喝醉的王追已經在鼓組前就位了，而我的開場白非常生澀無聊，就像排列整齊一杯杯的白開水。

我萬萬沒想到第一次在北京唱〈起來〉的時候不是在Mao，而是在Westin，而且還自認爲是Piano bar版本。

2

到處都是繭，也許是死皮也許是蝴蝶

〈努力奔跑吧！約翰〉這首歌當初在寫的時候，爲什麼歌名會有約翰這個人名？不是瑪麗、不是珍妮、不是湯姆、不是詹姆士、不是山田、不是松本、不是小明也不是小華，爲什麼是約翰？現在已經想不起來，只記得當時歌名是自然而然蹦出來的，沒有什麼預兆，就像熬夜之後隔天額頭冒出來的青春痘，歌詞內容也完全沒有提到任何有關於約翰的事，記得印象裡也沒有誰問過我。

歌詞裡有一句「要努力奔跑啊，不該有任何遺憾」，在歌曲的開頭唱了一次，結尾唱了兩次，錄完音之後過了一陣子，我忽然想要把結尾的兩次改成「要努力奔跑啊，一定有任何遺憾」，也就是說要改兩個字。心裡想著改了兩個字意思就會完全相反喔，我倒是沒有疑惑太久只覺得改了之後比較符合現在的心境，大大小小的遺憾會藏在胸口，剛開始會覺得很重，每走一步都很花力氣，後來他會結成人生的繭，有些是死皮，有些是蝴蝶，慢慢忘記的變成蝴蝶飛走了，漸漸習慣的變成死皮烙印在身上的某個角落，那都是切切實實活過的證明以及變強的證據。

我本想趁著下次錄其他首歌的時候再做修正，想不到阿勇說已經送去混音了，我心裡一邊覺得可惜，另一邊卻有把這樣的來不及當作一種遺憾的衝動。改了這兩個字大概也是我內心的一種宣洩，這樣的宣洩可以填飽某些空洞，沒有更改的話也不致於這些空洞就會讓我難過很久，想著想著也就讓它空著吧！這樣的遺憾應該先會變成死皮吧！讓我記得下回在現場唱這首歌的時候，後面那兩句要把「不該」唱成「一定」，和CD版本不一樣也沒關係。

向前奔跑的同時，告別沿路難忘的風景也硬生生地帶著遺憾走，久了之後它也會變成蝴蝶飛到某個我不知道的地方。

在更之前某天和杉特在林依霖的工作室練團，在牆上看到一幅畫，畫裡面是一隻倒吊的蝙蝠卻有蝴蝶的翅膀，我看著看著腦海就浮現這樣的句子，「到處都是繭，也許是死皮也許是蝴蝶」，我想從這樣的感覺出發寫成一首歌，但一直到現在一年多過去了都還沒寫出來，反而是在完成〈Go John〉這首歌之後才忽然反芻了這句話，或許是繭可能還不夠吧？

3 怎麼想得到

因爲過於吵鬧，全班在降旗典禮時被外號豬頭皮的訓導主任在司令台上點名，於是暫時也放不了學，由班長帶隊全班五十幾人罰站在操場正中央，接近傍晚時分還好不用頂著大太陽，我低頭看著擱在腳尖的書包發呆。

不知站了多久，老師從左側走了過來，面無表情地看著我們，接著一個一個地問「有沒有講話？」我聽不清楚前面三位同學的回答，我是第四個被問到的，也想不起來剛剛嘰哩呱拉說了些什麼？就很自然而然地回答應該「有吧」，啪！一個巴掌就甩了過來，老師的右手和我的左臉碰撞之後產生的聲響幾乎穿越了整條秀朗路。

我應該是有些呆滯地感覺臉頰緩緩發燙，餘光瞄到老師往下再一個一個地問同樣的問題，後來還有三位同學也被甩了巴掌，我到現在都還記得他們的名字，一個姓蔡、一個姓江、一個姓羅。蔡同學感覺他這麼多年經常在世界各地飛來飛去，江同學還在繼續做著陶藝，羅同學經營花店多年；某年同學會的時候我問他們當時的狀況，我說我都已經回答「有」然後被打了，你們怎麼還會回答的跟我一樣？

前些日子我和另外一位郭同學帶著〈一首搖滾上月球〉的ＤＶＤ和《Spark》專輯去拜會老師，報告了當時自己正在忙些什麼和面臨的一些狀況，老師也介紹他的同事和底下的幾位同學，並要我在專輯上面簽名寫些鼓勵的話，老師看了說「哎呀~阿山你字跡混亂，心不平氣不和這樣不行啊！」。心裡想著：是啊～沒錯，現在打字的頻率比寫字的時候多太多，我所有成形或尚未成形的心境交雜在一塊，馬上反映在寫出來的字裡了，覺得很不好意思，老師的一句話就像當年的那一巴掌那樣響亮。

一九八五年的秋天我揹著書包，帶著慢慢變涼的臉頰往回家的路上，和平日的光景不同，天色已晚巷弄裡的路燈非常昏暗，當時我抑鬱的青春有很多時間是錄音帶和電台陪我度過的。當天晚上聽了什麼歌已經不記得，事隔多年偶而會想起當時的情景，想著老師當時可能也還未滿三十，血氣方剛地面對我們這一群八〇年代十六、七歲的屁孩也是滿腔熱血然後被搞的一肚子火吧？老師的書法寫得非常好，現在想起來要是那一巴掌能把老師的功力的十分之一貫穿我的任督二脈就好了！

毛筆在硯台上沾滿了墨汁，深呼吸一口氣，在右手的掌控下和桌面產生摩擦，每一撇經過歷練的筆畫都烙印在米白色的宣紙上，字跡隱藏不了任何祕密，心情與期待完全一覽無遺，每一筆一劃都是人生。

當初在上課磨墨練習寫書法的時候，怎麼想得到後來會組樂團？怎麼想得到後來會出唱片？怎麼想得到又經過三十二個冬天來到二〇一八年，四分衛的新專輯《練習對抗的過程》，就是老師提筆幫我們寫上專輯名稱？時間之河慢慢地流，不疾不徐卻又狠狠，猛一回首真的是很不可思議。

4 星期一的早上悶熱無風

星期一早上悶熱無風，正在等公車的我發揮著耐性，貨車緩緩經過眼前停在黃線區域準備卸貨。戴眼鏡的貨車駕駛主動地對我打招呼……

他：四分衛主唱？

我：呵呵……是啊（傻笑）

他：我之前也有在玩團，但因為現實問題……

我：是啊～因為生活工作大家時間都難配合，不過偶而也是可以玩一玩啊！

他：還是就當做興趣啦！

後來他走去前座拿出一張類似貨物明細的白紙，我在空白的背面簽了名，此時公車進站，彼此互相加油與說再見。

星期一的早上悶熱無風，我記住彼此對話的感覺再加上之前讀了太宰治小說的一點心得，在心裡作了些remix，就寫了一首歌，歌名叫做〈我的工作支撐住我的生活〉。

5 理解與感受

「理解」與「感受」兩位老朋友好久不見，某天在有柵欄的藍色跑道上相遇，雖然彼此話不投機但仍然硬生生地在太陽底下打了招呼，就算心浮氣躁也不想讓場面乾掉，於是互相都說了些隨機在腦海裡浮現的話，「理解」臭屁地說：我終於知道答案了！「感受」霸氣地說：我根本不需要！

縱使對錯已經變得越來越模糊，但影子卻越來越清楚，日照異常強烈，他們還是老死不相往來。

最近在思索歌詞的同時，忽然發現比白話更重要的事情，雖然我還不很確定那是什麼，但或許這就是腸枯思竭的過程與魅力吧。

6 最真實的並不完美

兒子國中的畢業典禮和小學的時候不一樣，三年前還哭得稀哩嘩拉的，三年後就鬧哄哄的一團覺得少了些感人的氣氛，但這樣也是另外一種情緒啦，急著想要結束也沒什麼不好，畢業就是一種力氣的擴散，也該是要很有朝氣才對。本來期待親眼看見同窗三年之後各奔東西的眼淚，想從其中獲得一些靈感，但完全感受不到，心裡著實有些失望，希望落空難免有些分心，分心之後腸胃倒是有些餘力發出飢餓之鳴，咕嚕咕嚕地叫，我想走出體育館外面去找些吃的，忽然現場播放了五月天的〈星空〉，我想這是同學們精挑細選當作一〇六學年度的畢業主題曲。我的右勾拳在腰間蓄力，心裡想著自己應該也要寫一首關於畢業的歌曲來做反擊。

四分衛的第八張專輯《練習對抗的過程》裡有兩首歌都叫做〈當我們不在一起〉，一首是冬季版本，另外一首是夏天的版本，主要是描寫畢業當下和之後練習分離的心情，心裡想著如果能有五六年級的小朋友來詮釋眞是再好不過了。很幸運地在一連串的安排之下，安坑國小合唱團的四十多位小朋友在指揮楊麗雯老師和鋼琴伴奏林韻瑜老師帶領之下演唱了這首歌。

當天早上攝影器材和錄音設備都準備好了，看著一群小朋友有些睡眼惺忪、有些神采奕奕、有些沒有焦距、有些發號施令……，光聽彩排的聲音就覺得這次我的直覺沒錯，由一群小朋友來演唱這首歌真是非常適合，或許他們還不很了解分離的意義，也不是十分介意歌詞所要表達的一些什麼，但聽在我們這群再也無法變成小孩子的不合格大人的耳朵裡眞是太動聽了，反覆唱了幾次，我甚至沈醉在某些有瑕疵的樂句裡，畢竟我後來發覺最眞實的並不完美。

腦海裡的時光機趁機浮出水面把我帶往已經模糊不清的場景裡，我記得我的小學畢業典禮在國父紀念館，只是身旁站著誰？當時唱了些什麼歌？眞的一點印象都沒有了。

7

我的一首搖滾上月球

去年夏天，也許是老天爺特意安排，我製作了一部公共電視短片《夏至》的配樂，認識了黑糖導演。

那是一個炎熱的下午，在冰拿鐵陪伴的咖啡廳裡，導演提出了一個想法，他想拍一部紀錄片，內容是讓老爸們組一個搖滾樂團，從無到有、從不會到會，把不可能變成可能，希望我能統籌整個樂團作老爸們的教練，然後參加二〇一二的海洋音樂祭……。

之後登門拜訪了每一位老爸們的家庭生活，那麼多年了，如此嚴苛的人生，像電影場景般在眼前活生生地呈現出來，我才終於了解到所謂的堅強其實最溫柔。

時間就這樣硬生生、無情地、一點一滴在親骨肉身上消逝，那些你不屑一顧，輕易到手的日常作息和幸福，對某些人來說卻又像幾萬光年般那樣遙不可及，他們的生命故事裡所等待的是我們大部分人，都無法深刻了解到的罕見未來……。

當我們枯坐在舒服的沙發上，手裡拿著爆米花和檸檬紅茶等待電影開場的時候，他們可能正在爲了家裡供應氧氣的儀器斷電而忙得手忙腳亂；當我們在颱風下雨打雷的夜晚裡，躺在床上正在數綿羊想一夜好眠的時候，他們可能已經睏得不得了，但還是必須在三更半夜不定時地爲自己親愛的孩子餵藥拍痰……。

我好想做些什麼但又說不上來。也深怕打擾了他們那麼多年以來因爲經歷苦難所維持的生活，但我覺得我總必須做些什麼。在接下來一起在練團室唱歌的日子，多麼希望我們這群有緣千里來相會的朋友們，可以讓生活能更簡簡單單，就像聽見一首喜歡的歌。

於是，爲了報名海洋，在老爸們課程進行的同時，我開始寫歌。

我寫了幾首歌，先提出了兩首〈I Love You〉和〈Your Smile〉，老爸聽了 demo 之後很喜歡，我也稍微放下心。但我沒有考慮到的是因爲和弦較多造成老爸們演奏上的困難，簡單的說我必須要再寫更簡單更毫無負擔的歌。所以我邊和大家相處邊想歌的方向，在某次練完團之後，大家在同一間咖啡廳聊天，從口琴手潘爸特

製的義式濃縮咖啡一直聊著聊著，就轉到關於大家各自的睡眠狀況。keyboard手巫爸說出希望自己能一覺到天亮的小小心願；巫爸白天忙於教會工作，晚上又要爲了自己小孩的病況而無法好好成眠，「啊！永遠都睏抹飽啊！」就在七嘴八舌的時候，忽然，「睏熊霸」這個團名就出現了。

腸枯思竭的時候遇見迎面而來的靈感，就像被呼了一巴掌那麼痛快！

因爲這個idea我寫了段落簡單，和弦少少又節奏明快的〈睏！睏！睏！〉，我永遠記得bass手鄭爸第一次在play這首歌的時候笑瞇瞇的樣子，因爲他一直希望有一首台語歌！

後來也因應主唱歐陽爸是軍人出身，所以寫了一起踏步也可以唱的〈光輝燦爛進行曲〉，歐陽爸還在歌曲裡加上了拿手的精神答數，同仇敵愾的氣氛馬上渲染開來！

從去年到現在經過無數次的練團、上課、一直到錄音也發生了好多狀況，吉他手李爸和鼓手勇爸之間對於歌曲的詮釋，也出現了一點激烈的爭辯，那些熟悉的感覺，又讓我想起了自己剛開始組團的時候所遇見的光景。

在樂團活動進行的時候，老爸們還是喊我阿山老師，其實我是有些不好意思的啦！無論如何一起努力啊！

8 正在啃吐司

可能是因爲昨天看了《癡情男子漢》的關係，昨天夢到在《誰先愛上他的》的拍片現場怪獸忽然來探班，夢裡澤扛了一缸透明的容器，裡面裝了八分滿的啤酒來請大家喝，啤酒上面漂浮了幾片檸檬片晃啊晃的。

我先跟怪獸介紹關於劇組的餐點千變萬化，他可以選自己想要吃的，後來澤和怪獸開始聊起關於飲食的問題，我遠遠看見盈萱正在啃吐司，請她一起過來討論，她比了個手勢也用眼神回應，意思應該是吃完了就過來。

每次作夢都感覺夢很長，但都只記得片段，實在很想知道接下來還會聊些什麼？

9 全宇宙都會穿幫

副導要緊盯時間發號施令，指令傳達清楚又不讓大家覺得臭屁，在進度壓迫與放鬆之間的拿捏就是一門功夫。那天在某顆鏡頭之前副導又對著大家大喊：「這顆鏡頭每個人都要躲好，三百六十度無死角，全宇宙都會穿幫！」不是銀河是宇宙喔！

在拍片現場我一次又一次地領略副導堅定無比的氣勢，也一次又一次在心中響起「飛向宇宙浩瀚無垠」這句玩具總動員的台詞，為何？我應該永遠也搞不清楚。

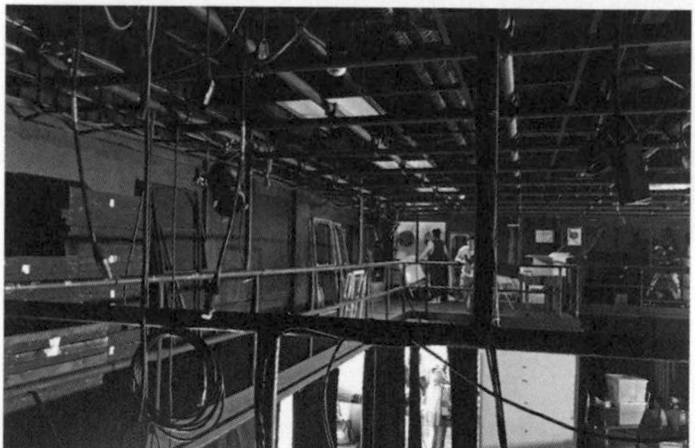

10

自然而然地

其實一開始我連該怎麼緊張都不知道，後來沮喪的是忽然發覺比想像中困難了許多，我才漸漸也必須快速地知道除了眼睛和耳朵，必須也用身體感覺和弦的脈動，這些難以言喻或一目了然深藏在心底的氛圍大部分來自於你的經歷，這些經歷會自然而然地告訴你要走過去？還是留在原地。

11

奇蹟

只要專注就會出現奇蹟。

12

匍匐前進

為了畫面要後退，為了故事要匐匍前進。

13 滿載靈感的旅程

電影的鏡頭裡面可能只有一兩個人，但是鏡頭外面經常有四、五十個辛苦的工作人員從早忙到晚，汗流浹背的每一天。

從面試、彩排、開拍一直到現在，我的部分殺青了，但我實在不想一個人殺青，有一種獨自要前往另外一顆星球的感覺。一群人因爲同一個故事而密集的工作了一陣子，緊接著又要馬上面對各自不同新的劇本而各奔東西，各自忙碌。不管是在劇情的裡面還是電影的外面，這都是人生一連串相聚分離的過程，眞心感謝在劇組遇見的每一個人，從這艘船到另一艘船，從這個星系到另外一個星系，從這個城市離開到另外一個城市，從另一個人的人生回到自己的人生，這是逆流

而上滿載靈感的旅程，我想某天一定還會再見面的。

14 標點符號

讀本的時候我發覺自己太像在唸課文，後來經過譽庭姐的解釋才大致了解文字的標點符號和說話的標點符號是不一樣的，並且說話的口氣以及臉部的表情其實差一點點就會比頂溪到淡水還要遠。

15

Lucky

雨下了一整天，在整個台北盆地和心愛的球鞋都濕答答的狀態下心裡想著應該穿拖鞋出來吧？小護士十五週年的演唱會在公館河岸留言，今天的特別來賓是**DSPS**的主唱稔文，他們翻唱了一首スーパーか的〈Lucky〉，這是我跑步的時候經常遇見的歌曲，非常喜歡。

霈文在台上說著玩笑話：跌倒了就

是要站起來，但只要你不站起來的話就不會跌倒了XD。

有時候啊得拚，有時候啊又得量力而爲，就在這樣的取捨之間不知不覺地週末又要過去了，一個樂團走了十五年眞的不容易啊，站在台上的背後，其實都有許多故事，這些故事有些變成歌，有些還要醞釀許久，有些永遠都想不出個道理來，我想這就是同一件事情持續久了的不安全感以及美妙之處。

16

Now You Know

我第一次看到是枝裕和的電影是《Nobody Knows》，那是在這星球還有百視達的時候買的DVD。記得電影蠻長的，我坐在沙發上看得懶懶的，直到〈寶石〉這首歌出現時，那是我第一次體會到一首歌的力量如此強大。感覺全身浸泡在冷冷的海洋，很安靜很清晰很巨大，心中浮現了一句話「終於～寧靜呼嘯而過」，我想把這句話當作歌名或是寫到歌詞裡。

但是這麼多年過去都沒有實現，那就乾脆當作書名好了，但想想當作書名又有點沈重，那就把 Nobody Knows 當作書名好了，畢竟是遇見喜歡的導演的第一部電影，但又不想和電影名稱重複……，那就取個和 Nobody Knows 相反的名字好了，Now You Know 如何？現在你知道了。

二〇一二年的八月我忘了是什麼契機，在網路上看到タテタカコ在台北松菸附近一間咖啡廳表演的訊息，好像是爲了感謝台灣對於日本三一一賑災而來台灣做的巡迴，我坐在第一排的右側看著她自彈自唱了幾首歌，當她唱到〈寶石〉這首歌的時候，我眼淚就掉了下來卻不敢用手去擦，還好在一首歌的時間裡，水分就默默地在臉上乾掉。

又過了兩年路過了曾經聽到這首歌的地方，店家已拉下了鐵門，或許搬到別的地方，或許結束營業，那又成爲了一個我無法知道的故事了，只剩下店名還留在柱子上面。

17

雨聲街

昨晚的羊肉爐憑印象絕對是我吃得最多的一次，罪惡感湧現所以今天必須跑五公里以上，耳機播放的是之前夢見張雨生而寫的demo，這首歌的名字叫做〈沒有雨聲的日子〉。

邊跑邊聽邊跑進沒走過的巷道、邊滑開手機拓展世界迷霧的App、邊想像著歌曲最後幾句希望有幾位小朋友來唱，大概就像桑田佳祐的那首〈明日晴れるかな〉。

跑到大約六．五公里的時候赫然發現街道的名字，眼睛一亮讓我覺得這就是一個 sign，一種別人毫不在意並難以察覺、但卻可加速自身血液循環加強代謝，並且在內心深處掀起波浪的巧合，洗完澡發覺今天的每一個毛細孔都有得到鼓勵與振動。

18

聖誕夜的晚上

希望我襪子裡的靈感多到滿出來
可以在房間裡游泳

祝福大家聖誕快樂
然後有比較多的時間運動
然後有更多更好的久別重逢
喜極而泣的眼淚會比悲傷的多很多
愛你的人與你愛的人經常在身邊

人生難免有好的時候
也有不好的時候
希望大家好的時候
會比不好的時候多很多
時間在你認真或鬆懈的當下

默默地往前走
明年的聖誕終究
也會變成去年的聖誕

也要謝謝過程裡遇見的每一位朋友
每一份工作與每一次的相聚分離
以及每一次聽的唱的看的寫的每一首歌

接下來的下半場
還是請多多指教

19 猜火車

天氣還蠻冷的，夜色漸漸變得越來越暗，在西門町晃了一圈之後，誰也不想回家，我們一起往中華商場的二樓走去。

我左手搭著她的肩往身上靠攏下巴抵著右手臂上，兩個人一起靠在中華商場連接愛棟與信棟之間的天橋上的欄杆，耳朵聽著平交道號誌起降的聲響，眼睛看著莒光號列車壓著鐵軌呼嘯而過，之後柵欄升起行人快步穿越。

車燈們像復活一般搭配著引擎聲往前或往後移動，一段時間之後號誌聲再度響起柵欄也緩緩降下。

我：妳猜火車等下會從左邊還是右邊過來？

她：我猜右邊！

我：那我猜左邊！那賭什麼？

她：我怎麼知道？

我：那麼就賭我猜對了妳親我一下，妳猜對了我親妳一下！

她：喂～那還不是一樣？有什麼好猜的啦！

後來莒光號從左邊還是右邊過來我已經記不得了，只記得左手緊緊地搭在她厚厚的外套上，雖然我記不住她頭髮的味道，但我知道那是整個世界都比不上的一種很放心很溫暖的感覺。

那天在現場看著眼前《天橋上的魔術師》逼真的場景，除了內心萬分的感動，心裡眞的一直OS不得了！太像了太像了！

也想起十八九歲時和女朋友一起在中華商場的記憶，一起吃飯一起買錄音帶一起從天橋往萬年走去，吃碗楊桃冰再經過美觀園的時候我跟她說：「我媽年輕時燙爆炸頭穿喇叭褲的時代也來這吃過。」

當時的我們眞的年輕得要命，並不知道踩在腳底下一起走過的路都閃閃發光，那些發光的痕跡都駐足在風吹日曬雨淋好多年的身體裡，然後因為工作和生活而漸漸地變淡變暗，偶而會想起也必須好像毫不在意或是忘了如何在意。當時的我們也並不知道當時所有聽到的歌和看過的電影，會反覆出現在後來的我們各自走散的人生場景裡。

剛剛殺青酒的場合導演說戲是拍完了，但後製剪接還要再花個一年吧！

謝謝劇組，謝謝導演~讓我有機會重遊中華商場，我眞心覺得原來時光機和時光隧道是眞的存在的。

名家樂器

20 悶不吭聲的戰爭

第一次聽到Suede[11]的歌是在一九九九年金山南路的Vibe，當時表演完之後大家都會留下來跳舞，週末的DJ播放的是Suede的〈Beautiful Ones〉和〈Trash〉，那時候並沒有特別在意只是覺得歌很好聽，所以在看這部電影之前我心想應該會想到那時

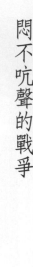

候的情景吧！

我想起了幾個人但印象真的模糊了，反而感觸比較深的是，這麼多年的樂團和工作經歷讓我覺得方向與風格真的不是太大的麻煩，有很大一部分要花心力的是處理人的問題，有很多計畫和進度停滯不前都是人際關係亂了套，於是犧牲了時間，似乎也不得已做了倉促的決定。事後回想起來有些覺得啼笑皆非，有些還是過不去。於是我想起了忘了是誰說的「只要是人對了，音樂怎樣都會對。」

或許多麼好聽的歌背後都有一場悶不吭聲的戰爭，但無論如何我們得負責製作好聽的歌曲並且看好看的電影。

11 一九八九年組隊的英國搖滾樂團。

21 天花板上的星星

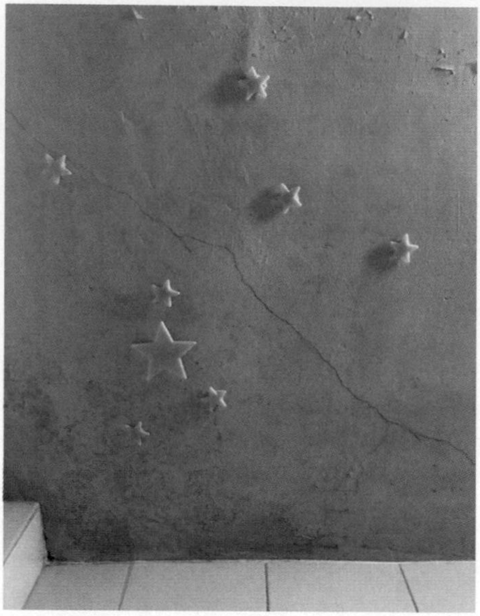

天花板上的星星，偶而也會想起當初看著他們入睡的每一雙眼睛。

天花板上的星星，已經完全忘記當初是誰把他們貼在斑駁的牆上？

在黑暗中我們孤獨地發光，在黑暗中我們讓寂寞閃亮。

22

殺青日

每一雙鞋都在鏡頭的外面拚命並小心翼翼地努力了一段不短的時間，他們之間離情依依，我會記得看到他們就感覺安心的時刻。

23 無論你在哪裡

角頭錄音室的控台邊擺了四分衛的第一張專輯《起來》，之前沒有特別注意，最近秋意漸濃忽然發覺他也二十歲。

封面裡早上七點的西門町天橋已經消失了好久好久，專輯封面相片是角頭音樂的老闆張四十三先生拍的，專輯設計是蕭青揚大哥設計的，錄音師是虎神的哥哥捷任，當時的一切都很簡單直接沒有想很多，可能也不知道該如何想。

也因爲很年輕或許怎樣的錯都是對的，時間一直往前走難免還是回頭一望，忽然發覺有些路舉步維艱必須繞得遠一點，川流不息的、擦肩而過的，有時候越

遙遠的越是清晰，無論那是多麼美麗都已經成爲過去，現在想要的眞的跟當時很不一樣了，今天的天空下了一點雨，無論你在哪裡，謝謝你聽過這張專輯。

24 寫滿旗幟的願望

某年某月某個星期六下午的電話裡……

我：媽，星期二我要去北京。

媽：蛤！你要去整形？

我：不是啦，我要去北京！

媽：北新？北新在哪？

我：吼～北京～～！（京拉長音）

媽：喔喔哈北京啊～那你去北京幹嘛？

我：我和李爸巫爸要去北京衛視講講話唱首歌錄個節目。

媽：那你多拍些照片啊！

（這絕對是我口齒不清加上媽媽午覺睡到一半被吵醒的結果。）

下午六點二十五分起飛往北京的班機，我帶了一本是枝裕和導演寫的書《宛如走路的速度》在空中想要來翻一翻；腦袋裡的畫面是電影《奇蹟》裡面一群小朋友在電車出了隧道交會的那一刻，拚命地把自己的願望喊出來，塗鴉的火山爆發和日常生活片段的空景緊接著小朋友們用力的吶喊，看著寫滿旗幟的願望在空中隨風飄蕩，想著那些藏在心裡來不及說出口的話，喊著那些難以成功的想法。

或許他們還不能深刻體會在追求的過程裡面所獲得與失去了一些什麼，不過他們也真的排除萬難來到一個他們想要到達的地方。走了那麼久那麼遠遇見了一些大人，然後才知道原來所謂的願望經常是不會實現的，所有捶手可得不經意的場景必須在很久以後才知道那些平凡是多麼不容易的事。

25 Happy-sad

我傍晚把《鬼滅之刃》剩下的幾集看完了，情緒還亢奮在「炭次郎」在那須山與「累」的對決，爲了要保護內心重要的人事物，也爲了要拚命地活下去，再往後退就是懸崖只能義無反顧地向前。第十九集的最後五分鐘眞是讓我感覺整座城市都在沸騰，那句台詞「我和禰豆子的羈絆，任誰也無法拆散！」再搭配那首竈門炭治郎のうた〈The Song of Kamado Tanjiro〉，眞是讓我感動得要命！於是心情還迴盪在整個對決的氣氛一時平復不下來，我覺得有些坐不住，穿了在夜市買的牛仔短褲就往外衝了。

也因爲離預定的時間還早，所以我就騎 UBike 慢慢晃過去，沿路經過士林夜

市、圓山、中山北路、華山、中正紀念堂，在遇到金甌商職的時候往旁邊的小巷子轉進去。之前看到金甌都是外面的大樓，沒想到經過後門可以看到被周圍教室圍起來的籃球場，籃球場中間還隔著排球網；小小的操場在週末的燈光照射之下看起來很有氣氛，蠻多間教室還亮亮的，感覺每一扇亮著燈的窗都有個故事。隔著鐵門有兩位女學生站在那，我想等他們離開之後拍個空景，但他們似乎在討論著什麼並沒有要離去的意思，於是我打消念頭繼續往前騎。

直走再左轉發現了新的公園，發現一

片新的綠色草皮，本想過馬路往永康公園走，但遇到紅燈懶得等就再往右轉騎上金山南路，忽然發現一間熟悉的店名「羊毛與花」，老闆 Benson 看到我跟我說這是第三家分店，基本上以外帶為主，明天準備要開幕了。我看他忙進忙出並沒有聊很多，想起上次遇到他是在飛鳥涼的台大體育館演唱會，我很開心自己這樣亂騎亂晃沒有目的然後可以不期而遇。

「羊毛與花」也是一個日本樂團的名字，在「花」過世之後就比較沒有活動了。每一個樂團都有屬於他們自己的劇本，故事無論多久都會告一段落的，對我來說就是想要拚命地寫下去，希望有一首歌能夠駐足在你的心裡面，聽見了那首歌就會想起了誰或是某個你經過的地方；那首歌是你某部電影的插曲，也是你淚流滿面的證據，在你兵慌馬亂或是夜深人靜的時刻帶著你繼續扮演好你的角色，繼續 happy-sad 下去。

26 Purple Rain

某次接受《樂手巢》的採訪，途中談論起 Prince[12] 這位傳奇人物，他有多麼的厲害我想整個星球都知道。回想起國中的時候開始聽他的歌，和後來過了很多年以後再聽見同樣的幾首歌，感覺好像才剛剛認識他一樣。

〈Purple Rain〉這首歌，我聽了好多好多遍，在余光和陶曉清的電台上聽過，在錄音帶和ＣＤ Player 上聽過，在林森北路的地下舞廳也聽過，一直到現在跑步的時候，手機也會隨機播放這首歌，那麼多次也比不上某天我在 YouTube 看他二〇一〇年在義大利米蘭表演的那個版本。感謝當時在現場用手機拍攝的那個人，他大約站在 Prince 的十點鐘的方向，用手機記錄了整首〈Purple Rain〉。

雖然用手機拍攝表演狀況其實並不可取，我也曾經在 Coldplay 演唱〈Yellow〉的時候拍攝前奏一小段，但這些不恰當的行爲確實也讓沒有辦法親臨現場的人看到了一些精采的表演，當然我也知道不管影像拍得再好也不可能比身在現場來的感動，鏡頭有些晃動、畫質也沒有那麼清楚。

但 Prince 在影片裡把〈Tele Caster〉發揮得淋漓盡致，臉上表情隨著樂句扭曲或放鬆，原來那麼多年之前一直到後來聽到的錄音室版本都是假的，那些被唱片封印在裡面的超能力只有在現場才會被釋放出來。我沈醉其中，猛一回神才發現淚水默默地從眼眶滑落到下巴，我有些開心自己比以前更認識他，也有些難過自己那麼晚才發現這個存在已久的事實。

雖然現在有一種說法是搖滾樂已經死亡，這個年代已經沒有什麼吉他英雄了，但透過我後知後覺的眼淚認證，那兩分多鍾的 solo 眞的是全銀河系最棒的。

Cry for love, don't cry for pain. ~ Prince

12 Prince Rogers Nelson，一九五八年—二〇一六年，爲一九八〇年代美國流行樂代表人物之一。

Part 4

阿雜劇場。

序曲

踹了一腳

時間比你想像的還要安靜
也比你想像得用最大的力道
從你身旁呼嘯而過
你心裡非常激動卻必須悶不吭聲
你以為你的人生
是由自己眾多的抉擇組合而成
但有時候想想更像是老天爺從你背後踹了一腳
他跟你說你可以滾到你該去的地方了吧
當時你並沒有察覺
而是經過了一陣子你忽然才想起來

後來我告別了一些人情世故
但也遇見了一些必須感謝的人
這些感觸應該在冬天前就該想起來
但不知為何卻在今天這個忽然下雨的早上
躺在床上心裡邊惋嘆不能去跑步的時候
一些文字就莫名從腦海浮現出來

1

我很棒

我站了好久好久，風吹日曬雨淋，不需要能源，不需要同情，我的身影和你們一起到了世界各地的硬碟裡，我的面無表情剛好襯托了你們的笑咪咪，我覺得我很棒。

2

白酒蛤蠣義大利麵紀念日

基本上，今天是一個涼爽的日子，有太陽又不會太熱，只要是人類的話應該都很想出來晃晃吧！

本來想下午去對面公園的長椅上坐著發呆一下，但是中午來店裡的客人實在多的不像話，已經下午三點多了，這不到二十多坪的餐廳裡還一直有人進來用餐，奇怪的是大家都點白酒蛤蠣義大利麵，我實在搞不懂？好像今天

是白酒蛤蠣義大利麵的紀念日，每一個人都特別來慶祝湊個熱鬧，我彷彿置身在星期五晚上的夜市裡。

更要命的是今天停水，碗槽裡堆積如山的餐盤讓我氣結，店長不知從哪兒張羅來的免洗餐具，以應付絡繹不絕的客人，有如大軍壓境，而我們這批戰士枕戈待旦。我忙得沒時間喝水，口渴的要命，很想拿杯檸檬紅茶來暢快的一口灌下身體裡。但是我實在討厭太甜的飲料，過度的糖分會使我抓狂，我的喉嚨無法認同所謂「甜」這個成分的存在；還好只有一位想喝水的婦人抱怨了一下，因為她的小孩要吃藥，需要喝水。我從店裡的販賣機投了十元，拿著最後一瓶的礦泉水交給她（因為其他瓶都被其他人喝光了），我看著她的小孩為了應付吃藥這檔子事，而隨口喝了一口水，和膠囊一起吞下去；這時候口更渴了！

本來這個時候應該是坐在公園裡和帶小朋友邋鞦韆的女老師打屁聊天的休閒時刻，卻因為本店今天的招牌「白酒蛤蠣義大利麵」好吃到了瘋狂的程度，讓我除了口渴以外，又心裡饑渴。我好害怕口袋裡那兩張星期六晚上的電影預售票又要送人了；我一邊忙一邊看著鞦韆盪呀盪的，還有女老師的背影，忽然恨起了白酒蛤蠣。

3 不知道是哪個王八蛋偷的

我習慣坐在月台上的末端等待捷運的最後一節車廂，因為到了台北車站以後，就可以用最短的距離走去手扶梯的方向。現在已經沒有剛開始發現這個點的新鮮感，就是今天晚了一個鐘頭去上班，月台上沒幾個人；螢幕顯示著列車進站時間還早，索性就坐在石材質料的椅子發呆。

忽然一小陣子冰涼從屁股傳了上來，褲子右後方出現一個下弦月缺口的洞，哎呀！這可是我最喜歡的 **DIESEL** 牛仔褲之一，除了兩個褲管被後腳跟踩破了以外，現在又多了一個洞，真是心煩。我從來沒有喜歡牛仔褲破洞的感覺，也從來沒有覺得那樣有多帥，只是小時候聽奶奶說，牛仔褲就是要髒髒的才能幹，所以很少丟去洗衣機洗就是。

正在心煩的同時，上了車，忽然想到了幾件事……

原來還有幾件牛仔褲，在膝蓋和褲管附近也破掉了，擺在衣櫃裡都還沒處理。

David Bowie 在八零年代唱了一首關於牛仔裝的歌〈Blue Jean〉，那是國中時買的，回去要找一下錄音帶。

還有多年前在永和被偷的那件 DIESEL 牛仔褲和 LEVI'S 牛仔外套，那兩件的顏色我好喜歡，有彩度，又不會太曝或太深，尺寸也剛好，不知道是哪個王八蛋偷的？

記得那是二〇〇一年九月，爲了《Deep Blue》的唱片宣傳在板橋表演完之後回到永和的租屋處，我把牛仔褲和牛仔外套晾在院子裡風乾，忽然晚上下了超大的雨，隔壁的住戶正在施工，我晚上出門去便利商店買吃的時候看見地上都是泥濘，沙堆、磚塊、鷹架、推車、地面全都濕到不行，我有點擔心巷弄內的排水系統是否還撐得住？因爲雨實在太大了，就這樣下了一整個大半夜，因爲有雨聲所以我應該比平常還睡得更熟。

隔天一大早我的牛仔褲和牛仔外套就這樣在衣架上消失，牛仔褲和牛仔外套不可能趁著大雨的晚上自己跑出去玩，我住在巷弄最底的倒數第二間，有誰沒事會跑來這邊晃？尤其又是超級大雨的夜晚，混蛋！應該是之前就被鎖定了，這麼多年過去人生又經歷了五屆的世界盃，我偶而會想起他們現在躺在誰的衣櫃裡面？

4

地瓜

話不投機，就不要勉強，安安靜靜地像地瓜一樣，才能助消化。

5 收訊不良

收訊不良，就像隔著平交道和你講話一樣經常有火車經過，一次又一次打斷我們的話題，我只能從幾個字的縫隙裡和你的嘴型猜測你想要表達的意思，相信你也是一樣。

就在講到該如何蹲下來才不會被發現的時候，同樣地又一列平快車經過，我們很有默契地把手捧在胸口消磨這段時間，忽然有一隻蝴蝶從面前飛過幾乎撞到我的鼻尖，出自本能地往後退了一步，爲了保持平衡也鬆開了雙手。

就因爲這一個動作，我的焦距從蝴蝶經過了草地上的腐朽柵欄一直穿過荒廢的曬衣架之後，定格在後方火車窗口上，看到戴著黃色毛帽的小女孩的小手伸出窗外，丟著事先撕好碎掉的紙屑像羽毛般被風吹散了一地，我看著她微微一笑隨著火車消失在左邊的風景裡，激烈的聲響離開之後你已經不在鐵軌的另外一邊，彷彿你未曾來過一般。

我有點失落地撿起了一片很像兔子耳朵形狀的紙屑，猜想那是旅遊雜誌裡導覽地圖的一個角落吧，不知道是世界上哪一個角落，我不想單獨站在平交道旁，趁著天黑之前踏上回家的路，一路上我一直在想火車經過的時候你看到了什麼？

6 死海

我的腦袋像死海一樣
丟什麼東西都會浮起來
所以潛水夫穿上特製的潛水衣
再綁上鉛塊想一探究竟
在一片深不見五指的藍色裡
找到一個鐵蓋躺在海底
不費吹灰之力把它打開
忽然跑出好多好多莫名奇妙的玩意
當然全都浮上海平面了

有套著游泳圈的大象
白色的鋼琴
升旗台上的訓導主任
從頂溪到淡水的捷運線
星期六晚上在新宿東口表演的樂團
山手線總武線
港區二十一櫻木町的摩天輪
雲霄飛車從軌道衝出又穿入海底
奶奶站在海浪上忽高忽低
她並不擔心海水會弄溼了翅膀
騎走我摩托車的那位同學
用報紙遮住她的臉
討厭的那幾個人和政客漂在好遠的地方
就在冰山的旁邊

連企鵝都唾棄牠們
還有那些因爲我列印錯誤
而被丟棄的白紙
它們的前身
也就是那幾片樹林
站在燈塔旁邊狠狠地瞪著我
我感到非常抱歉
麵包超人和菠蘿超人
站在我的旁邊笑咪咪地
所有的笑聲在空中凝結
成爲一個個實心黑體字
一股腦兒地摔入海裡
很奇怪那些字並不會浮起來
我站在甲板上

看著越來越高的海平面
聽著越來越高亢的笑聲
頭也昏了

7 你並不知道而已

對於有些音樂的要領和掌控，其實你已經會了，只是你並不知道而已，換句話說，對於有些壓力已經讓你喘不過氣來，只是你並不知道而已。

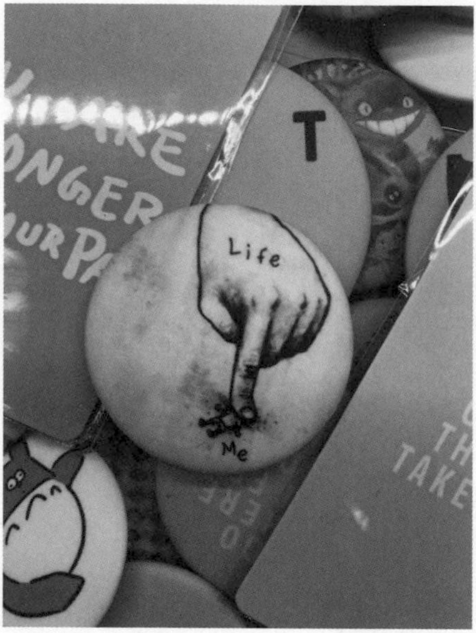

8

事實遠比想像的還要殘酷

機率很小，但也不能說沒有，就像早上牙膏彈到右邊的眼睛裡，很涼、很涼，張開也不是，閉起來也怪怪的，就在洗手台前擠眉弄眼一陣子！

後來跑步的時候，想說 iPod 裡隨機播放的歌曲會有多大的機率選到自己非常喜歡的？開始一大早就思考機率的一天。

Beatles 的〈Free as a Bird〉，陳綺貞唱的〈天天想你〉，Chemical Brother[13]的〈Snow〉，後來幾首一時想不起來。就在正準備回家洗個澡趕出門時，耳機傳來 Radiohead 的〈Paranoid Android〉，旋律有些扭曲但節奏又和慢跑蠻搭配的。

好吧！再跑一首吧！

我想起買《OK Computer》這張專輯的時候，是在很多年前忠孝東路頂好的 Tower Record，中後段變奏的「rain down……」實在太迷人了，也想起最近水庫缺水缺的厲害，是該下些雨了吧！

又不知道怎麼搞的，又想到理查派克和 Pi，這部電影很棒，所以時常會在腦海浮出來吧？難得可以讓我戴 3D 眼鏡看完整場，爲了活下去，爲了證明能夠有和這個世界對抗的能耐，事實遠比想像的還要殘酷。

總是在跑步的時候，就算東想西想的，也可以很專心，所以只要能夠專心，就能提高機率，這個感覺還不賴啦！

13 英國電子音樂團體。

9

馬桶

我坐在馬桶上面，因爲眼睛盯著電腦太久，酸痛占據了整個眼瞼，自然而然用雙手捂住雙眼，此時注意力異常集中，我幾乎快忘掉大號這檔子事了；腦海浮現幾列遊行隊伍魚貫地衝入紐約時代廣場，這群人合力抬著自由女神，很努力地往前走著。

我看到可口可樂的霓虹燈看板正在閃爍，然後在《超人》第二集裡的其中一個壞蛋被克里斯多夫里維丟到了看板上面，「碰！」的一聲，戲院裡觀眾的掌聲和火花一起爆發，大家悶了太久了吧！

戴著浴帽的老太太一臉莫名地從陽台往下瞧，左手提著鳥籠，一不注意籠子裡頭的水杯倒了；車子動彈不得，駕駛座上布滿了不耐煩的景色，交通警察爬到紅綠燈上頭用力吹著哨子，遊行的群眾大家都用力吶喊，似乎眞的有什麼事發生了。

看著自由女神毫無表情的臉，忽然發現我看到這些所有擁擠不安吵雜激烈的畫面，卻聽不到任何聲音，我這個局外人無法感受到聽覺的氣氛，我試著喊出一些聲音，卻不知被什麼巨大透明的物體給擋住，連自己都聽不到！

我閉上眼睛，慢慢地讓沈重的酸痛感和半夜裡微不足道的浪花一次又一次拍打我的臉，我感受到捕蝦的漁船發出微弱的燈光在前方出現，於是我鬆開雙手張開眼睛，看著門上倒掛著的外套，兩個袖子垂了下來，像極了苦行僧在烈日豔陽下倒吊在單槓上修行的樣子；我無法阻止嘴角上揚的動作，右手壓下按鈕，留下漩渦被地心引力拉下去的聲音在馬桶裡面。

10 短短小小圓圓的

今天坐捷運去彩排的途中坐文湖線經過南京東路和復興北路交叉口，把手機貼在車窗上，託光線充足的福，拍起來相當清楚，接近正午時分，斑馬線行人的影子都短短小小圓圓的，和你認識的某個人的耐心一樣，然後疊字讓我的雞皮疙瘩忽然冒了出來，矮油～～。

11 夢見的就是你

這齣舞台劇只有兩句台詞、一張沙發、一盞檯燈和兩個人。

橫衝直撞而脾氣暴躁的公主：總有一天你會得到報應的！

面目可憎而孤僻自閉的王子：貓的！跟你生活在一起就是一種報應！

後來王子變成了國王，公主變成了皇后，在同一個屋簷下他們再也沒有一起看電影，再也沒有一起看球賽，再也沒有一起吃飯一起去診所，再也沒有眼神交流，再也沒有跟彼此說過一句話，整場沒有配樂，偶而的音效是底下不知道是誰傳來的咳嗽聲。

隨著時間慢慢地流動，布幕還是沒有緩緩降下，國王與皇后在同一個場景裡面各自演出著毫無交集的戲碼，整部戲異常沈悶，這大概也是藝術的一部分吧？就是要讓你看不懂，其中所要表達的是國王與皇后入土爲安之前似乎都過著沈默與安靜的日子。

就在我的耐性即將消耗之際，忽然場邊響起了〈甜蜜蜜〉這首歌，是鄧麗君演唱的版本。就在歌聲繚繞到了「夢見的就是你」這句歌詞，一股鹹鹹的味道撲鼻而來，那是被困在劇場裡面某處海邊的味道，洶湧的海浪不知道是誰呼喚而來，完全沒有心理準備，從舞台的正後方毫不留情地往觀眾席上衝，大家都隨著海流形成的漩渦載浮載沉，就連國王與皇后也是。

很詭異的是大家都在笑，笑聲與歌聲與海水的流動攪拌在一起，誰都死命地笑著，音響努力地唱著，海水冷靜地旋轉，好像在比誰可以撐的比較久，誰都不肯停下來，我好不容易沿著階梯雙手扳著層層的座椅一步一步地往出口走去，海水很慢力量非常大，我的努力化為泡影。

鄧麗君繼續唱著，我載浮載沉心裡默默地祈禱這齣戲趕快結束，就像ＰＫ大戰之前的延長賽，已經累得半死手腳不聽使喚還是得在草地上奔馳，忽然我聞到草的味道卻眼睜睜看著海水不肯退去。

＊ ＊ ＊ ＊

約莫在一九九九到二〇〇〇年之間，我用比較便宜的房租暫時住在小時候一起長大的鄰居家裡，某個週末客廳聚集了一堆人，用眼神詢問之下隱約知道是當時他的女朋友帶家人來家裡拜訪，我簡單地打過招呼就往二樓房間走去，耳朵聽見樓下傳來熱烈交談的聲音。

之後沒幾天朋友跟我提起了這件事，我說「抱歉啊～不知道有這個聚會，不然我會事先整理一下客廳」，畢竟是小時候一起長大的，他當然不會介意。他說

當天他沒注意，倒是女朋友之後跟他說了一件事——她的父母已經二十幾年沒有交談過，但是聚會還是會跟著大家一起去，只是互相之間完全沒有講話也沒有眼神交流。

當時的我聽到這狀況只是覺得傻眼，天底下什麼人都有倒是沒有聽過這樣的狀況的，現在一下子經過了十八年，回想起來還是覺得很恐怖。原來，就算是兩個好人也不見得適合在一起，如果硬要在一起就是對彼此來說都是壞掉的陌生人吧。

12

説謊比賽

不管你是以何種形式存在，不分年齡、管你是男是女、爬蟲類、哺乳類，冷血、熱血、有機物、無機物、氣體、液體，剛被丟棄的衛生筷、水泥工人在工地旁吐的檳榔渣、被捏死在煙灰缸裡的長壽香煙，還是陳小姐桌上不知誰送的禮物，因爲她不喜歡，而偷偷轉送給

阿伯。阿伯回到家打開來之後，氣的跳腳的水果、捷運站長、電影放映師、滑鼠操作員、隸屬 NASA 專門負責和外星人連絡的技術人員、過氣的導演、躺在二〇五號床假裝腸胃道不適的投機分子、每天幻想自己是拯救太陽系的超級王牌，因爲從銀河鐵道停駛之後，就停止打擊壞蛋的遊俠、被狠狠丟在水溝裡的罰單，被狠狠用木棒敲彎的吊車廠的收費窗口的鐵門窗、被狠狠用最貝戈戈的口氣罵出來的髒話，縱使馬上消失在空氣裡、被狠狠地丟在立法院紅地毯上的麥克風和議事鎚一起躺在地上……

喔！講到這裡，很重要的是「政客不得參加」。請大家告訴大家！

13

撿到一隻蟬

某個九月的早上，有京都的太陽，反正離集合的時間還早，我獨自一人在ANA HOTEL附近的巷道亂晃，街道空蕩蕩的，只有擺在門口的垃圾和停靠在牆上的腳踏車有人類經過的痕跡，唯一早起的只有我這個擁有旅遊「泡爾」的觀光客和躺在地上翅膀有點發亮的蟬……。

早起的觀光客撿到一隻蟬，想要帶回去給麵包超人看。忽然蟬飛了起來，在空中畫了一個S型，對著我用不合乎他體型的聲音說：「啊那達哇搭勒？啊那達哇都口？早餐吃了沒（這句是中文）？吃和式的還是西式的（這句也是中文）？」每講出一句話，蟬就越變越大，後來慢慢地遮住了太陽，也撞斷了電線桿，變成了巴爾坦星人，慢慢地逼近。

我很害怕他會把我吃掉就一直逃啊，撞翻了路邊的販賣機，瓶瓶罐罐掉了一地，有麵包愛喝的養樂多和菠羅愛喝的蘋果牛奶，還有媽咪愛喝的綠茶和把拔愛喝的半糖豆漿，巴爾坦星人的腳掌踩破了鐵鋁罐和鋁箔包，哇，整條街上都是果汁的味道。

就在這個時候巴爾坦星人也聞到這透明的香味，停下了腳步，似乎整個時間都靜止了，感覺有點空條承太郎[14]使出了他的替身「白金之星」的感覺，於是我找到附近的小公園，在溜滑梯上坐下來，喘口氣。

14 《JOJO的奇妙冒險》中的角色。

14

A Momentary Lapse of Reason

不確定Pink Floyd[15]是否在一九八七年就已經告訴過我，暫時失去理智是浪漫的藉口，一直失去理智卻比較誠實。

所以我的理智對身心健康和任何文字畫面都造成了某些程度的壓抑，於是要有所突破必須在一大清早吃早餐之前就要抓狂？但是無論在生理上或心裡上過度破壞周遭環境氛圍的影響，往往

讓整個進度停滯不前，也換來許多不同的意見和疑惑的眼光。

或許會感到像結疤掉落似的快感以及把歎息吞下去的後悔，幾乎就是眼睜睜看著漩渦把你身上的某些部分給捲進去，剩下的好不容易游到岸邊的那些部分鐵定會難過一陣子，但卻不會留戀失去的那些。

爲了保持生活的更完整，結論是一路保持理智和擁有一整個倉庫的compressor是比較不健康卻安全的。

15 一九六五年於倫敦成立的英國搖滾樂團。

15

有雨滴能夠讓腦袋清醒的八卦嗎？

昨天晚上鼻子似乎特別靈敏，沿途聞到了炒海瓜子、炒空心菜、羊肉炒麵的味道，跑著跑著經過了藥燉排骨之後來到通化夜市口，我想我應該再繼續往下跑呢？還是衝進去找吃的？就在騎虎難下之時雨點逐漸變大，於是告別了水煎包也和鴨血臭豆腐默默地說再見，再繼續往下跑吧！心裡想著難道有雨滴能夠讓腦袋清醒的八卦嗎？？

接下來Muse陪我邊跑邊啟動回憶模式，在夜市靠近通化街和臨江街的入口處有一個地下室，那是第三代Scum Live House的舊址，我想起當時寫過也唱過的幾首歌，活著、日子、明天的太陽、斑馬線、胡亂塗鴉、我不在乎、老天爺、冬天來了、玩具、老天爺、屋簷上下的事、圓舞曲、賣命、白日夢、尾巴歌……啊！或許把他們全部重新編曲收錄在同一張專輯，名稱就叫做《我的九〇年代》吧。但雷光夏有一首很好聽的歌就叫做《我的八〇年代》，那叫做《上個世紀末》呢？只是腦海會出現北斗神拳裡胸口有北斗七星形狀傷痕的拳四郎施展「柔破斬」的畫面，所以關於專輯的名稱，還是再讓我醞釀一下吧！

當時馬汀大夫《赤聲搖滾》的合輯收錄了四分衛兩首歌曲就是在Scum錄的，在昏昏暗暗的地下室，用同步錄音的方式唱了一遍又一遍的〈飛上天〉和〈圓舞曲〉，當時沒有想很多導致歌曲變得太長，後來現在live演唱的〈飛上天〉已經刪掉了A3和A4的歌詞了，被刪掉的歌詞如下……

我看到你在天上轉圈圈，暈頭轉向，什麼都無所謂
不需要燃料，也不用花錢，只是你吃了甜頭，我忘了一切
你的身體裡面有團火在燒，燒光你的思想和能源

孤獨的你，已經能飛的遠……

（後面應該還有一句，但我居然找不到了！）

現在看到許久未見的歌詞再跟著唱一遍，呼~眞的有種手心冒汗的感覺！

16 喝采

做了一個夢，夢裡人生某三個階段互相不認識的朋友在一片綠色的牆壁前打架，我趕緊用手機拍了起來，透過觀景窗看到的畫面好像電影場景，後來他們打著打著就和好了，於是我就和其中一位最久沒見的朋友打招呼，他說他現在一個人住在富錦街，然後我就被地震搖醒了。

既然醒了就趁上工前太陽比較大的時候去跑個步吧，一路上準備上班的人都急急忙忙地趕路戴著口罩，星期一早上大家都趕著上班我卻趕著去跑步，我邊跑邊經過他們心裡不由得產生點罪惡感的同時也懷念起在辦公室的日子，記得十七年前SARS的時候公司擔心會互相感染，在別的地方租了間辦公室，把全部的員工拆成一半分隔兩地上班，只記得搬著電腦和同事走了一段路，對於當時大家有沒有搶著戴口罩倒是完全沒有印象。

跑到雙溪公園的堤防看見有劇組正在拍片，沿著河畔經過了籃球場穿過了幾道橋，遇見釣魚的人、遇見白鷺鷥、遇見摩天輪的倒影、遇見小黑，然後耳機kkbox的歌單傳來陳百強的〈喝采〉。這首歌的鋼琴midi note是有記憶點但tone聽起來實在很單薄，當時的編曲現在聽起來並不會特別在意，很有可能小時候聽的是旋律長大後聽的是歌詞，現在反而非常在意這首歌寫了些什麼。有好多話真的一不小心就能打動內心在生命的過程裡所遇見然後錯過的人事物，一切歷程都有道理別糾結在過去，和怪物打了一架然後也是要和平相處，無論後來多麼美好多麼險惡都要一直往前走，「剩一分熱仍是要發光抓緊美好」，我邊跑邊受到這首歌的鼓舞，迎面而來的微風都是收穫。

最近因為疫情的關係打亂了一些計畫和行程，活動也取消了不少，明後天可能會下雨，大家要多洗手，要先照顧好自己然後就能照顧好別人，往好的方面想並且實際努力，全宇宙都會來幫你，我相信念力也相信，疫情之後一定會好轉，而我也寫了好多歌好想唱給大家聽。

17

熱得要署

外面熱得要署，公車內部很涼爽，阿北和小朋友的比鬼臉大賽因爲對方家長到站下車而被迫結束。

18

養你的貓

花若盛開蝴蝶自來，貓若攤開摸摸便來。

19

True Love

傍晚在永康街看見有人在公園唱歌，他腳邊有個牌子用中文寫著「我是日本人我愛台灣，台灣好棒！我原來是貝斯手，吉他不大好……」他唱了《愛情白皮書》的主題曲〈True Love〉，原唱是藤井郁彌。上次看到木村拓哉在節目也有翻唱過，這首九〇年代搭配日劇的歌曲很好聽，有很多回憶趁著歌聲從樹上滑落變成紅磚道上的刮痕，那些痕跡你曾經走過，有記得的也有忘掉的，唯一確定的是你什麼都帶不走，我只能按捺著喉嚨和跟他借吉他的衝動。

在巷道遇到一位老外看到我穿的外套很興奮對著我喊 Liverpool！Livepool！

我忽然會意了過來對著他做了一個踢球的動作，他旁邊那位女生說我是Rock Star……，我不確定她是不是認識我啊？我想要唱個幾句回應他們但又覺得不妥，但是開心的想像自己在四月底這個週末有一點搖滾巨星的氣氛了。

20

真心在乎那些在乎你的人

昨天我在小郭的烏克麗麗教室寫歌，有幾句想要根據旋律來作延伸，但腦袋鈍鈍站著坐著躺著都想不出來，於是我從中午白吃白喝一直到晚上，一直到隔壁的咖啡廳都打烊了，總算空了一整天的白紙有了一些進度，也把大概的唱法錄到語音備忘錄，回程時想說吹吹風就不搭捷運了，選了一台 UBike 邊哼歌邊騎。

週末的晚上十一點多，一路上卻沒有那麼熱鬧，忽然之前公司的A同事打電話來說另外一位B同事在家裡吐血，B同事的媽媽打電話給A說能不能來幫忙，因爲救護車到了B怎麼樣都不肯就醫，但A同事人目前不在台北，於是打了電話給我。我跟A要了B母親的電話打過去，只聽見一位媽媽哭哭啼啼不知所措的聲音，因爲他的小孩就是不肯聽話。我覺得情況不對，悠哉的心情頓時消失，趕緊問了住址往B家裡的方向前進。

到達了目的地推開房間門只見到床鋪上一大攤乾掉的血跡還有四散各處沾血的床單毛巾。雖然B的聲音聽起來還算正常，但我覺得莫名其妙都這個時候了救護車也來了，難道地板上床單上都是紅色的油畫顏料嗎？他卻不肯立即去急診室報到！？他的理由是他不想麻煩大家而且已經預約了隔天晚上的門診（靠！是晚上誒）。我聽到他媽的整個火都來了，已顧不得他母親在隔壁房間從苦苦勸說到破口大罵，嘴巴說的都是國語雖然夾帶著三字經但對方就是聽不懂！當時半夜一兩點我眞的也有些累了，但還是硬著頭皮撥了一一九，跟他們說不好意思剛剛已經來過一次了，能否再過來把B帶去醫院。但一一九在電話那頭說患者意識清楚的話就不能強制執行帶走，這樣是觸法的，於是再次勸說再次無效，我只好祈禱他可以按照他預定的計畫去做，而我們全都是白擔心一場。

他們家養了一隻貓半夜看我睡在沙發上想討摸摸，我幫貓咪刷了一下毛正要躺下忽然想到還沒刷牙啊，但我好睏邊想著上次沒有刷牙就直接睡覺是什麼時候？不一會兒就睡著了。

早上聽見咳嗽的聲音，我整個從沙發彈了起來，我趕緊推開房門發現新的兩大灘未乾的油畫顏料，他的頭就倒臥在其中一坨裡發出奇怪的聲音，我趕緊幫他扶好身體側臥邊打一一九。我感覺我的聲音在顫抖也感覺胸口出現了一個洞，我好緊張也好後悔又必須強裝鎮定跟他說話說救護車就快來了，並請他媽趕緊先到樓下帶路。從被咳嗽的聲音開始驚醒一直到醫護人員從電梯口出現的那一刻，這十幾分鐘我真的覺得好漫長好久好恐怖。

折騰了一個晚上到早上再到中午，醫院的急診室眞的很忙碌，我看著他媽媽坐在門口手足無措邊打手機聯絡邊哭眞的很心疼，那是母親節的前一天，「你他媽在搞什麼飛機啊？你懂不懂什麼叫做爲他人著想？」那是我心裡的ＯＳ，我並沒有在急診室跟他說，照完Ｘ光之後護士幫他處理點滴和鼻管的時候跟他說會有些不舒服，我還是跟他說了要加油：「這次有學到教訓喔（我也是）！看你下次還敢不敢！？」

後來我眞的覺得人生有很多時候不是爲自己而活，在這個世界上其實有很多在乎你的人，你怎麼可以任憑自己的想法去決定或處理一些狀況而讓那些在乎你的人擔心受怕，你自以爲所謂的不要麻煩別人，其實根本就是在製造更大的麻煩。

剛剛去跑了步看見有人在百貨公司的紅磚道上唱歌，我不知道他在唱什麼，但就是覺得需要一些音符來照顧我，無論是誰都眞的要眞心在乎那些在乎你的人，好好地爲別人也爲自己而活。

21

這裡大部分的東西都是線條

藍色和黃色是我的分身
從光譜裡抽離出來
降落在你的調色盤上

我並不起眼
呆呆地蜷縮在那拇指般的空間
等待有一天搭刮刀大哥的便車
或許他也會順路載著乾巴巴的白色小精靈

在車上和我聊天
因爲他總是擔心我綠得太過濃烈
要是在畫布上變成樹葉的話
會連光線都透不進來
那麼我就有百分之九十九的機會
會成爲矮牆上的青苔
貼在畫布裡公主的高跟鞋旁邊

「我才不願意待在角落呢」

所以爲了奪取公主脖子上那串寶石的位置
我聽從刮刀大哥的建議
在車上我總是和白色小精靈熱烈交談著
我告訴他「紅」這傢伙是多麼不可理喻

以及爲什麼皮帶上總是有個骷髏標誌
她也告訴我她之所以這麼瘦
完全是看到我的臉色的關係

「其實我每天的體重都不一樣呢」

我眞的搞不懂這句話
一直到下了車我才發現
有股柔和的光隱隱約約從胸口竄出
感覺相當舒服

「喂！那小子住進你身體裡了啦
你就算拿不到寶石也不會變成青苔啦」

我目送積架車的背影
刮刀大哥的話傳進我耳裡
其實我也不必太擔心
畢竟這是沒有回頭機會的冒險

走進多采多姿花園後
看見蟬賴在樹上唱著同一個和弦的歌
孤伶伶的游泳池旁
公主以她身上模糊的線條撐著洋傘
我想我來的太早了
這裡大部分的東西都是線條
我連公主的輪廓都還沒看到
就被一股不知名的力量帶到天空上
爲什麼天空會有綠色呢

「算了」我想

幸好離皇宮的屋頂鑾近的
趁著太陽未下山
好像也永遠不會下山
望著公主的身軀慢慢成形
而我也只能眼巴巴著盯著一動也不動的背影
而且也因爲洋傘的關係
我連公主的髮色都不知道
只能從她的站姿和手指的長度知道
她應該是還懷著小姐脾氣的孩子
偶而鬧個彆扭
心裡卻盼望別人給她安慰
而我最關心那寶石的顏色

我是永遠也不知道了

其實在走進花園的那一刻起
我就有感覺中了「紅」的詭計
不過在這屬於天秤座的月份裡
這裡的視野挺好
可以一覽整個花園
名副其實的多采多姿
唯一美中不足的是看不到公主的臉
以及寶石的顏色
至於爲什麼天空會有綠色
在我還沒想到答案時
我就已經乾掉了

22 摩斯拉

初五遇見摩斯拉[16]！據說是沒有農藥的證明，或者是已經有「抗藥性」的證明，無論是哪一種證明都必須拍照打卡留念。

16 日本怪獸電影系列中創造的巨蛾型生物，英文名稱是「Mothra」。

23

ㄟ尬ㄣ歐餓盎

打了麻藥以後，醫生拿著原文版的醫療百科全書指著圖片給我看，說明在拔完牙以後要鋪一層膠原蛋白以鞏固牙床，但健保沒有給付要再花三百元，我說「嗯，一武要蛤襖（基礎要打好）」，我發覺我

的聲音已經變形，麻藥發揮了功效。

拔牙之前先洗牙，快速旋轉的工具發出吱吱叫的聲音，心裡癢癢的好像有小精靈在我嘴巴裡騎越野車，當靠近牙肉附近時也是有那麼丁點受不了，躺在手術台上反正退無可退，身體有些像蝦米拱了起來。

接下來重頭戲開始，就像去看 Radiohead 演唱會想要聽〈Creep〉一樣，雖然已經知道他們都不喜歡唱舊歌（搞不懂？讓大家開心不是很好嗎？），縱使有了心理準備我還是相當緊張，看到醫生拿著像鐵鎚和鑿子縮小版的工具，並要求我雙手握拳抵住下巴，我匆忙地說「ㄟ尬ㄣ歐餓盎？」（每個人都這樣？）但沒有人聽得懂，只聽到嘴裡傳來鏮鏮幾聲，腦袋裡都是電影恐怖旅舍的畫面，左右兩邊各站著一名戴著口罩的護士，希望我不是她們看到過最俗辣的角色，整個過程就在幾分鐘結束，比我想像的快很多。

在櫃台仔細聽完護士講解非手術性拔牙應注意的事項，並交代我隔天要再來檢查傷口，電話響了但接也沒用，講不清楚的話會更阿雜，右邊的臉腫腫熱熱的，我開始擔心星期六晚上的表演。

24

Always Warm Up

　　把意識集中在腳尖，身體要跑贏過失眠，把手機丟到河裡面，心裡要強悍過想念。

尾聲

世界末日

我：媽，這首歌叫做什麼名字？

媽：世界末日啊！

媽：那時候只要你爸來永和路找媽媽他就會在對面的唱片行放這首歌，媽媽聽到了就會趕快從樓上跑下來！

我：那外公外婆他們有聽到嗎？

媽：我忘了，不過最好是別讓他們聽到啦！他們當時不是很喜歡你爸。

我：爲什麼？

媽：大概因爲當時你爸帶媽媽去看電影的時候都不買票就直接進場了。

我：那也帶外公外婆去啊？

媽……

一直到退伍之後開始工作我都還一直以為世界末日的原唱是Carpenters[17]，直到很後來才搞清楚當時媽的少女時代的〈The end of the World〉是Skeeter Davis[18]的版本：

爲何我的心情一直顫動
爲何我的雙眼正在流淚
難道它們不知道這就是世界末日
當你說再見的時候一切都結束了

時間又急又慢
又冷酷又慵懶
又無情又惹人憐愛

有時候偶而會想念當時不懂世界末日的時候
原來快樂都是不知不覺的

17 木匠兄妹樂團，一九七〇年代和一九八〇年代初期風靡一時。
18 美國鄉村音樂歌手，演唱一九六二年〈世界末日〉等跨界流行音樂歌曲。

VQI0037

回得去的地方與回不去的時光

作　　者　陳如山
主　　編　林潔欣
企　　劃　許文薰
封面設計　李佳隆
美術設計　徐思文

第五編輯部總監　梁芳春
董 事 長　趙政岷
出 版 者　時報文化出版企業股份有限公司
一〇八〇一九　臺北市和平西路三段二四〇號三樓
發行專線—（〇二）二三〇六—六八四二
讀者服務專線—〇八〇〇—二三一—七〇五・
（〇二）二三〇四—七一〇三
讀者服務傳真—（〇二）二三〇四—六八五八
郵撥—一九三四四七二四　時報文化出版公司
信箱—一〇八九九臺北華江橋郵局第九九信箱

時報悅讀網　http://www.readingtimes.com.tw
法律顧問　理律法律事務所 陳長文律師、李念祖律師
印　　刷　和楹印刷有限公司
初版一刷　二〇二〇年九月十八日
定　　價　新臺幣三九九元
（缺頁或破損的書，請寄回更換）

時報文化出版公司成立於一九七五年，並於一九九九年股票上櫃公開發行，於二〇〇八年脫離中時集團非屬旺中，以「尊重智慧與創意的文化事業」為信念。

ISBN 978-957-13-8333-0
Printed in Taiwan

回得去的地方與回不去的時光 Now you know / 陳如山圖・文 -- 初版. -- 臺北市：時報文化，2020.09
ISBN 978-957-13-8333-0(平裝)
863.55　　109011826